KB0093371

축제와 예감

축제와 예감

祝 祭 と 予 感

온다 리쿠 소설집

김선영 옮김

차례

축제와
성묘

祝　祭　と　掃　苔

"와타누키 선생님, 오랜만에 찾아뵙네요. 놀라지 마세요, 오늘은 마아 군하고 같이 왔어요. 맞아요, 어렸을 때 제가 길에서 꾀어서 억지로 데려와 함께 선생님 레슨을 받았던 그 친구예요. 마아 군은 우리와 했던 약속을 지켜주었어요. 프랑스에 가서 바로 피아노를 배워 콩세르바투아르*를 졸업하고 지금은 미국 줄리아드에서 너새니얼 실버버그 선생님께 배우고 있어요. 올해 요시가에 국제 피아노 콩쿠르에서 우승했어요. 선생님 말씀대로 역시 마아 군은 굉장했어요!"

* 파리국립고등음악원.

하늘은 높고 푸르렀고 공기는 차갑고 맑았다.

검은 비석 앞에 웅크린 아야 옆에서 장신의 마사루가 나란히 몸을 숙였다.

"선생님, 마사루입니다. 오랜만에 찾아뵙습니다. 더 일찍 왔어야 했는데, 그만 늦었네요. 그래도 요시가에 콩쿠르에서 아쨩도 다시 만났고, 애초에 제가 이렇게 여기에 올 수 있었던 것도 선생님과 아쨩 덕분입니다. 정말로 고맙습니다."

조용히 양손을 모으는 두 사람.

조시가야의 넓은 묘지는 고즈넉하다. 고개를 들면 쭉 뻗은 고층 빌딩이 시야에 들어오는 그 대조적인 모습은 익히 알면서도 매번 깜짝 놀란다.

겨울의 햇살은 부드럽지만 가만히 있으면 땅에서 냉기가 올라와 몸에 스멀스멀 퍼져나간다.

"추워!"

일어나서 뒤늦게 생각난 듯 부르르 떠는 두 사람.

"흐음, 이게 일본의 무덤이구나."

그렇게 신기하다는 듯 조금 떨어진 곳에서 주변을 둘러보고 있는 것은 가자마 진이다. 방정맞게 사방팔방 돌아다니며 흥미진진하게 여기저기 기웃거리고 있다.

아야와 마사루는 서로 얼굴을 마주 보았다.

마사루가 피아노를 시작하게 된 계기를 만들어준 두 사람의 돌아가신 은사를 찾아왔는데, 어째선지 아무 상관 없는 가자마 진이 큰 관심을 보이며 따라온 것이다.

어딘가 국적을 알 수 없는 분위기를 풍기는 가자마 진은 묘지에서도 왠지 모르게 '어색'했다.

아야는 그 모습을 가만히 관찰했다.

역시 신비한 아이야.

"그러고 보니 가자마 진은 일본식 무덤은 처음 보겠구나."

"응, 처음이야."

마사루는 륙색을 고쳐 멨다.

"아쨩 어머니 묘소는 어디에 있어?"

"요코하마 쪽."

"이번에는 시간이 없어서 그쪽에는 못 가보겠네."

"파리로 갈 준비를 해야 하니까."

요시가에 국제 피아노 콩쿠르는 입상자 특전으로 콘서트 투어가 있다. 심사 발표 이튿날은 요시가에에서, 그다음 날은 도쿄에서. 그게 어제였다. 남은 것은 파리뿐. 기나긴 콩쿠르가 이제 막 끝났는데 상당한 강행군이다.

문득 생각났다는 듯이 마사루가 가자마 진을 보았다.

"그러고 보니 전부터 궁금했는데, 너희 어머니는 어디 계셔? 평소에는 프랑스에서 아버지하고 둘이서 지낸다고 했지? 저기, 혹시 부모님이 이혼하신 거야?"

마사루는 쭈뼛쭈뼛 조심스럽게 물었다.

아야도 줄곧 물어보고 싶었지만 사적인 내용이라 어쩐지 꺼내기 어려웠던 질문이었다.

비목碑木을 물끄러미 바라보거나 묘비 뒤쪽을 홀쩍 들여다보던 가자마 진은 "우리 어머니?" 하고 어리둥절한 표정으로 돌아보더니 생각났다는 듯이 하늘을 올려다보았다.

"한동안 못 만났지만 지금은 아마 일본에서 사장으로 일하고 있을걸. 아닌가, 싱가포르였나?"

"사장?"

"잠깐, 사장이 아니었나. 비슷한 거. 으음, 코즈믹 소프트였나?"

"코즈믹 소프트?"

마사루와 아야는 동시에 외쳤다. 전설적인 창업자가 당대에 이룩해낸, 세계 최대의 소프트웨어 회사다.

마사루는 스마트폰을 꺼내 검색하더니 "혹시 이 사람?" 하고 가자마 진에게 휴대전화를 내밀었다. 아야도 들여다보았다.

"아, 맞아, 맞아, 이 사람."

가자마 진은 감흥 없이 끄덕거렸다.

거기에는 '코즈믹 소프트 아시아 CFO 가자마 스미카' 라는 이름이 있고 사진까지 실려 있었다. 환한 미소의 지적인 미녀였다.

"와, 이 사람이 진네 어머니? 유명인이잖아."

"CFO는 뭐야?"

아야의 물음에 마사루가 대답했다.

"아마 재무 관련 최고 책임자일 거야."

"가자마 진은 어머니를 닮았네."

"그래? 우리 아버지를 본 사람들은 아버지를 닮았다고들 하는데. 누나가 더 어머니를 닮았을 거야."

"어, 누나가 있어?"

아야와 마사루는 이번에도 동시에 외쳤다. 두 사람 다 가자마 진이 외동아들인 줄 알았던 것이다.

"응."

"누나는 어머니하고 함께 살아?"

무심코 꼬치꼬치 캐묻게 되는 건 역시 두 사람이 이 소년에게 비상한 관심을 갖고 있기 때문이리라. 대체 어떻게 자랐는지, 어떤 음악 생활을 해왔는지, 묻고 싶은 건 산더미처럼 많다.

"아니, 어딘지 모르겠는데 발레 학교에 다니고 있어. 모나코였나? 어라, 밀라노였나?"

확신 없는 그 표정으로 보건대 가족 정보를 별로 파악하고 있지 않은 데다가 그리 관심도 없는 듯하다. 저 엉성함이 가자마 진의 본모습이라면 '본모습'이다.

"흐음. 누나는 발레리나구나."

"다들 뿔뿔이 흩어져서 사네. 쓸쓸하진 않아?"

"으음, 어렸을 때부터 이래서 익숙해."

셋이서 공동묘지 출구 쪽으로 천천히 걸어갔다.

이번에는 아야가 뭔가 생각났다는 표정으로 말했다.

"그러고 보니 너희들, 요시가에하고 도쿄 양쪽 다 〈아프리카 환상곡〉 편곡해서 연주했지?"

가자마 진을 힐끗 흘겨보았다.

가자마 진은 어깨를 살짝 움츠렸다.

"들켰어?"

"들키고 자시고. 그렇게 다른데 누가 몰라? 인터넷에서도 난리가 났어."

마사루가 쓴웃음을 지었다.

가자마 진은 원래 생상스의 피아노 협주곡 〈아프리카 환상곡〉을 직접 독주곡으로 편곡해 콩쿠르 제3차 예선에서 연주했다. 요시가에와 도쿄의 입상자 투어에서 연주한 것도 그 곡으로, 그는 각각 콩쿠르 때와는 또 다른 편곡으로 연주한 것이다.

"하지만 관객도 질릴 것 같아서."

"질린 건 관객이 아니라 너겠지."

"애초에 콩쿠르 때도 악보대로 연주한 게 맞아? 악보를 미리 제출했지?"

마사루가 흥미진진한 얼굴로 물었다.

"응, 제출했고, 악보대로 연주했어."

가자마 진은 단호하게 끄덕였다.

마사루는 뜻밖이라는 표정으로 말했다.

"그래? 아무래도 악보를 따르는 분위기가 아니었는데. 그 자리에서 편곡해서 연주하는 것 같았어."

"선생님이 그 곡은 '반드시 한 음도 틀리지 말고 악보 그대로 연주하라'고 하셔서, 그렇게 했어."

"호프만이?"

"응."

아야와 마사루는 무심결에 얼굴을 마주 보았다.

역시 호프만은 상당히 전략적으로 가자마 진을 요시가에에 보냈던 것이다. 콩쿠르의 성격상, 만약 제출한 악보 그대로 연주하지 않으면 실격될 가능성도 있었다. 호프만은 어디까지나 그가 상을 거머쥐게 할 작정이었다. 적어도 시시한 이유로 떨어지지 않도록, 가자마 진을 설득했던 것이다.

"호프만이라, 한 번쯤 만나보고 싶었어."

"마아 군의 선생님의 선생님이니까."

"나도 다시 한번 만나고 싶어."

가자마 진의 무심한 한 마디에 두 사람은 움찔했다.

아야는 그 옆얼굴을 흘깃 쳐다보았다.

그렇구나, 그도 은사를 잃은 것이다. 게다가 세상을 떠난 지 아직 1년도 채 되지 않았다. 그의 은사는 제자의 콩쿠르 결과도 알지 못한다. 어쩌면 성묘하러 온 아야와 마사루를 따라온 것은 은사의 일이 머릿속에 있었기 때문이 아닐까?

문득 하마자키 부녀의 얼굴이 떠올랐다.

어제 도쿄에서 치른 입상자 콘서트에 하마자키 선생님과 가나데, 그리고 담당 교수가 나란히 찾아와주었다. 세 사람 다 싱글벙글 몹시 기쁜 얼굴로 다시금 "입상해서 다행이야"라고 가슴을 쓸어내렸더랬지.

정말로 세 사람에게는 오랫동안 신세를 졌다. 여전히 부족하지만 조금이라도 은혜를 갚을 수 있어서 다행이다.

"이제 파리구나. 나 처음 가봐."

아야는 화제를 바꾸었다.

"두 사람에게는 홈그라운드지. 부러워."

축제와 성묘

마사루는 프랑스에서 자랐고 가자마 진은 프랑스에 거주한다.

마사루는 고개를 저었다.

"나도 프랑스는 오랜만이야. 콩세르바투아르 때 선생님이 다 함께 들으러 오겠대."

"파리도 같은 프로그램이지?"

"사무국에서는 연주 시간만 지키면 바꿔도 된다고 하던데."

"〈도깨비불〉하고 〈소나티네〉를 두 번 연주했으니 바꿀까?"

아야는 생각에 잠겼다.

"뭘로 할 거야?"

"쇼팽의 발라드와 〈엄격 변주곡〉으로 할까."

"나도 〈나단조 소나타〉를 두 번 연주했으니 브람스 변주곡으로 바꾸고 싶어."

"그럼 내가 〈나단조 소나타〉 연주할래!"

천진난만하게 말하는 가자마 진에게 두 사람은 "아하하, 그거 좋네" "다 같이 곡을 교환하면 좋겠다"라고 대답했다.

입상자 투어에서 그러지는 못하겠지만.

아야는 속으로 그렇게 중얼거렸다.

하지만 가자마 진의 〈나단조 소나타〉, 들어보고 싶네.

어떻게 연주할지 상상도 되지 않아.

마사루가 자기를 가리켰다.

"그럼 내가 가자마 진이 편곡한 〈아프리카 환상곡〉을 연주할게. 그 편곡 마음에 들어. 악보를 나한테 팔아. 그거 어디선가 연주하고 싶어."

"그런 건 저작권이 어떻게 돼?"

아야가 물었다.

"글쎄. 우리 선생님한테 물어볼게."

"누나, 세션하자. 저번에 했던 그런 거."

가자마 진이 천진하게 제안했다.

"세션? 둘이서? 앗, 언제 그런 걸 했어?"

마사루가 따졌다.

아야는 어깨를 움츠렸다.

"요시가에에서, 우리 선생님 친구분이 하는 피아노 학원에서. 똑똑히 기억해. 마아 군의 〈봄과 수라〉에 충격을 받고."

"어? 그런데 왜 둘이서 세션을 해?"

마사루가 어리둥절해했다.

"가자마 진은 굉장해. 완벽하게 마아 군의 카덴차를 재현했는걸. 둘이서 따라 하는 사이에 어쩌다 보니."

"흐응. 좋겠다. 나도 하고 싶어. 아짱하고 라흐마니노프

연탄하기로 한 약속도 아직 못 지켰고."

"그러고 보니 그러네."

아야는 잠시 과거로 돌아간 느낌을 받았다.

'함께 라흐마니노프를 연탄할 수 있을 때까지 연습하자
고 했잖아.'

그렇게 외치며 펑펑 울었던 자기 목소리를 떠올렸다.

그랬던 그가 지금 이렇게 눈앞에 있다. 정말 하려고 하
면 라흐마니노프를 연탄할 수 있는 것이다.

새삼 신비한 인연을 느꼈다.

고개를 들어 올려다봐야 하는 청년. 자신감 넘치는 옆
얼굴.

"앗, 연탄이라고 하니 생각났어."

마사루가 가자마 진을 쳐다보았다.

"뭐가?"

"가자마 진하고 호프만이 세션을 한 테이프가 있다면
서? 우리 선생님이 다음에 호프만 자택에 가서 찾아보겠다
고 했어."

"어머, 그런 음원이 있어?"

이번에는 아야가 눈을 동그랗게 떴다.

"세션이라니, 클래식으로?"

"아니, 즉흥이었대."

"굉장해, 보물이잖아? 나도 듣고 싶어."

"그런 테이프가 있었나?"

정작 본인은 고개를 갸웃거리고 있다.

"있는지 없는지 모르겠지만 찾아보겠대."

"너새니얼 실버버그는 호프만을 정말 숭배하는구나."

"어, 그래?"

마사루는 어리둥절해하는 가자마 진을 신기하다는 듯 쳐다보았다.

"그러고 보니 가자마 진은 아직 우리 선생님하고 제대로 얘기해보지 않았지. 둘 다 호프만의 제자인데."

"그렇다기보다."

아야는 가자마 진을 보았다.

"너, 심사 위원들하고 별로 얘기 안 했지. 항상 바로 돌아가버려서."

"하지만 스승님하고 약속이 있어서."

아야는 저도 모르게 웃음을 터뜨렸다.

"다들 가자마 진 스승님이라니까 음악 관계자인 줄 알았는데. 대체 누구냐고 큰 소동이 벌어졌어. 설마 꽃꽂이 선생님일 줄이야, 차마 말할 수 없었다니까."

"가자마 진, 대학은 어떻게 할 거야? 콩세르바투아르는 청강생이라고 했지?"

"으음. 아직 못 정했어. 공부하고 싶은 건 잔뜩 있는데."

"이공계 학부에 진학하는 음악가는 드물지 않잖아."

"피아노 생기는 거지? 어디 걸로 살 거야?"

이 소년의 자택에 피아노가 없다는 이야기는 완전히 유명해지고 말았다. 입상했으니 아버지가 사주신다고 한다.

"모르겠어. 어쩌면 호프만 선생님의 피아노를 사게 될 지도."

"아앗, 그런 얘기를 들으면 우리 선생님이 또 부러워할 거야."

마사루는 쓴웃음을 지었다.

"그래, 우리 선생님이 가자마 진하고 함께 호프만에게 인사하러 가고 싶다고 했어."

"아, 그건 기쁜데. 가고 싶어."

가자마 진은 싱긋 웃었다.

그 천진한 웃음에 아야는 시선을 빼앗겼다.

정말이지, 순진무구하다니까. 게다가 천재의 마지막 제자. 호프만도 분명 귀여워했겠지.

마사루도 못 당해내겠다는 듯이 고개를 저었다.

"나도 따라갈까. 어차피 갈 거면 파리 입상자 투어를 하는 김에 겸사겸사 가주면 좋겠는데. 독일까지 금방이잖아."

"그럼 나도 가고 싶어."

"우리, 어쩐지 입상자 투어가 아니라 묘지 투어 아니야?"

"성묘 투어네."

"성묘? 그게 뭐야?"

"돌아가신 분을 찾아가는 걸 그렇게도 말해."

"흐음. 한자는 단어가 너무 많아. 너무 어려워."

마사루는 기지개를 켰다.

"이제 에비스에서 라면이나 먹자."

"정말 최고 매운맛에 도전할 거야?"

"응. 얼마나 기대하고 있는데."

"혹시 배탈이라도 나면 큰일 나. 보통 맛으로 해. 그렇지 않아도 유럽까지는 먼데."

"으음."

"어라, 가자마 진, 왜 그래?"

아야는 걸음을 멈추고 하늘을 올려다보는 소년을 돌아보았다.

물끄러미 하늘의 한 점을 응시하고 있다.

아득히, 높고 머나먼 곳.

축제와 성묘

"……응, 아, 아무것도 아니야."

잠시 후 정신을 차린 듯 소년이 돌아보았다.

"왜 그래?"

"아무것도 아니야. 잘못 들었나 봐."

"가자마 진의 귀는 특별하니까."

"아무것도 아니야."

소년은 몇 번이고 고개를 저으며 종종걸음으로 아야와 마사루 사이로 파고들었다.

그리고 한 번 더 실실 웃으며 가만히 뒤를 돌아보았지만, 그것을 끝으로 두 번 다시 돌아보지 않았다.

사자와
작약

獅
子
と
芍
薬

이게 무슨 일이지?

크나큰 충격에 너새니얼 실버버그는 아연실색했다.

어째서?

아까부터 그 한 가지 의문만 자꾸 떠오른다.

문득 자기가 땀을 잔뜩 흘리고 있다는 사실을 깨달았다.

어째서 여기는 이렇게 밝지?

짜증스럽게 주위를 둘러보자 상을 발표할 때마다 따뜻한 박수가 이어지고 뺨을 발그레하게 물들인 청년들의 옆얼굴이 보였다.

아아, 아직 끝나지 않았던가.

이곳이 무대 위고 시상식을 하고 있다는 사실조차 잊고

있었다.

　사람들은 말한다. 승부는 그때의 운이라고.

　누구나 아는 사실이다. 하마평이 얼마나 미덥지 못한지. 승부는 유동적이라 뚜껑을 열어보기 전에는 알 수 없다. 그런 건 익히 알고 있다.

　하지만 이번은. 이번만큼은. 딱 한 번이면 된다. 다른 때는 아무래도 상관없다. 나머지는 전부 패해도 된다. 하지만 이번만큼은 하마평대로 이루어지길 바랐다.

　너새니얼 실버버그 우승 확실. 그 대다수의 예상대로이길 바랐던 것이다.

　아아, 그런데…….

　1위 없음. 2위 두 명.

　방금 그 결과를 들은 후로 그의 시간은 멈춰버렸다.

　1위 없음.

　그것이 의미하는 바는 명확하다. 우승에 합당한 인물이 없다. 우승에 합당한 연주를 한 인물은 없었다.

　물론 이 콩쿠르가 대단히 어렵고, 좀처럼 우승자를 내지 않는다는 사실은 알고 있다. 다소 완고하리만치 격식도 기준도 높이 설정된, 유서 깊은 콩쿠르이며 이 콩쿠르에서

1위 없는 2위라는 것은 충분히 음악가 경력으로 통용되는 순위라는 사실도.

하지만 그래도.

1위 없음.

그것이 얼마나 굴욕스러운 일인지, 이 여자는 알기나 할까?

너새니얼은 마치 외계인이라도 보는 듯한 눈빛으로 옆에 서 있는 소녀를 쳐다보았다.

태연히, 뻔뻔해 보이리만치 차분한 옆얼굴로 서 있는 젊은 동양인 여성을.

검은 머리카락을 뒤로 질끈 묶고 있다. 단정한 옆얼굴과 유독 긴 속눈썹이 눈에 띄었다.

이 녀석만 없었다면.

자꾸만 그런 생각이 들었다.

동양인치고는 키가 큰 편이겠지만 그래도 덩치가 큰 너새니얼에 비하면 20센티미터는 작다.

아까부터 자꾸 확인하듯 그녀를 쳐다보게 된다.

당당한 자세.

얼굴도 동양인치고는 이목구비가 뚜렷하고 눈매도 선명해서 커다란 눈동자가 인상적이다.

콩쿠르가 진행되는 동안 불필요한 정보는 차단하고 있

었다.

다른 경쟁자의 연주를 듣지도 않았고, 소문이나 평판도 가급적 멀리하며 무대 밖에서는 최대한 혼자 조용히 집중하며 지내려 노력했다.

그래도 역시나 어디에서랄 것 없이 소문은 들려오기 마련이다.

대단히 강렬하고 드라마틱한 연주를 하는 젊은 일본인 여성 참가자가 있다. 마르타 아르헤리치를 보는 것만 같다고 심사 위원들도 흥분하며 절찬하는 그녀가 다크호스가 될지도 모른다.

심사 발표는 물론 하위부터 시작된다.

여섯 명의 입상자 중 6위부터 시작해 차례로 3위까지 이름이 발표되고, 예상대로 이 동양인 여성과 너새니얼이 남았다.

흥분과 긴장이 최고조를 맞이했고 회장 안의 이목이 온통 쏠린 가운데 잔뜩 뜸을 들이다가 그 결과가 발표되었다.

2위, 미에코, 사가.

우레와 같은 함성.

소녀의 어깨가 얼어붙는 게 느껴졌다.

너새니얼은 그 순간 '해냈다'고 생각했다.

자기 얼굴이 환해지는 것을 느꼈다.

그렇다, 하마평이 맞았다. 내가 우승을 거머쥔 순간이다. 그렇게 크게 만족한 순간, 목소리가 들려왔다.

마찬가지로 2위, 너새니얼 실버버그.

엇!

무슨 일이 벌어진 건지, 자기가 무엇을 들었는지, 한동안 이해하지 못했다.

그 순간의 엄청난 함성은 과연 충격일까, 한탄일까, 분노일까? 어쨌거나 엄청난 함성 속에서 너새니얼의 시간은 멈춰버렸던 것이다.

대체 얼마나 시간이 흘렀을까?

정신을 차리고 보니 스태프가 옆에서 무대에서 내려가 달라고 채근하고 있었다.

트로피를 들고 떨어지지 않는 걸음으로 무대 뒤로 물러났다.

무대 뒤에서 스태프가 박수를 치고 있었지만 너새니얼은 여전히 굳은 표정 그대로 아무 반응도 할 수 없었다.

그러자 그의 앞을 걸어가던 소녀가 걸음을 뚝 멈추더니 너새니얼 쪽으로 빙글 몸을 돌렸다.

이글거리는 커다란 눈을 부릅뜨고 고개를 바짝 들어 너새니얼을 노려본다.

그것이 분노의 표정이라는 것을 깨달은 너새니얼은 황

당해서 덩달아 걸음을 멈추었다.

"×××××!"

순간 무슨 말인지 알아듣지 못했다.

빠르게 뭐라고 퍼부어대는데 의미를 알 수가 없었던 것이다.

소녀는 벌건 얼굴로 갑자기 "아, 영국인인가?"라고 영어로 중얼거리더니 다시 한번 영어로 고쳐 말했다.

"뭐 불만이라도 있어? 원망스러운 얼굴로 자꾸 내 쪽을 뚫어져라 쳐다보고 말이야! 뭐야, 렌지시라도 출 것 같은 그 머리는? 당신 말이야, 물어뜯을 듯한 표정으로 처량하게 노려보지 말고 하고 싶은 말이 있으면 똑바로 말해, 똑바로!"

말투는 거칠지만 틀림없는 영국 영어였다.

그래서 '아, 아까는 스페인어였나' 하고 깨달았다.

'렌지시'가 뭔지는 모르겠지만 머리숱이 많다고 놀린 듯했다.

너새니얼은 반사적으로 머리에 손을 뻗었다.

그런 말을 해도 머리숱이 많은 건 유전이다. 너는 태어날 때부터 머리숱이 복슬복슬해서 다들 놀랐다는 말을 부모에게 얼마나 많이 들었는지 모른다.

그건 그렇고 갑자기 정면에서 퍼부어대는 통에 너새니

얼은 눈을 휘둥그레 뜬 채로 아무 대답도 하지 못했다.

감정을 잘 드러내지 않는다는 일본인, 그것도 얌전하고 순종적인 이미지가 있는 젊은 여성의 입에서 그런 과격한 말이 튀어나왔다는 사실에 놀란 것도 있다. 그 목소리가 생각보다 낮아서 걸걸할 정도인 것도 뜻밖이었다.

소녀는 새빨간 얼굴로 몸을 부들부들 떨다가 갑자기 얼굴을 잔뜩 찡그렸다.

손에 든 트로피에 시선을 힐끔 떨어뜨린다.

"……나도 할 말 많아."

굵은 눈물이 트로피 위로 뚝뚝 떨어졌다.

"2위라니. 2위는 아무 짝에도 쓸모없어. 이게 마지막 기회였는데."

터져 나오는 굵은 목소리.

그리고 트로피를 움켜쥔 채로 갑자기 고개를 숙이더니 "으앙" 하고 큰 소리로 울음을 터뜨렸다.

스태프가 깜짝 놀란 얼굴로 달려왔다.

"미에코, 무슨 일이야?"

그러더니 망연히 서 있는 너새니얼을 노려보았다.

"당신, 뭐라고 한 거야?"

사람들의 시선이 싸늘하다.

"아니, 그게, 난 아무것도."

너새니얼은 허둥지둥 손을 저었다.

"갑자기 울음을 터뜨리더니……. 이봐, 울지 마."

너새니얼은 쭈뼛쭈뼛 소녀를 달래려 했다.

몸을 건드려도 될지 몰라서 어색하게 손을 뻗었다.

"미안, 너를 자꾸 노려봤던 건 사실이고 내가 무례했어. 사과할게. 결코 너를 비난한 게 아니야. 그게, 내가, 스스로가 한심해서 그런 것뿐이야."

하지만 소녀는 울음을 그치지 않았다. 울음소리가 점점 더 커졌다.

울고 싶은 건 나다.

그렇게 생각한 순간 너새니얼은 자기도 필사적으로 오열을 참고 있다는 사실을 깨닫고 동요했다.

그렇다. 나도 울고 싶다.

분하다. 한심하다. 비참하다.

눈을 감고 이를 악물었지만 참을 수 없었다.

너새니얼까지 울음을 터뜨리자 스태프들은 아연히 얼굴을 마주 보았다.

그리고 한참 동안 무대 뒤에서는 스태프가 지켜보는 가운데 젊은 남녀의 울음소리가 이중창처럼 어우러져 울려 퍼졌던 것이다.

뮌헨에서 두 사람이 처음 만났던 그때.

너새니얼은 열일곱, 미에코는 열여덟이었다.

외교관이었던 아버지를 따라 가족과 함께 초등학교는 런던에서, 중학교와 고등학교는 마드리드와 부에노스아이레스에서, 일본과 외국을 오가며 지냈던 미에코는 당시 스페인어가 기본인 생활을 하고 있어서 반사적으로 스페인어로 퍼부어댔던 모양이다.

너새니얼이 미에코와 진짜 〈렌지시連獅子〉를 본 것은 한참 후의 일이다.

두 사람이 결혼해 미에코와 일본에 돌아갔을 때 도쿄의 가부키 극장에서 우연히 그 프로그램을 하고 있었던 것이다.

처음 그 비주얼을 보았을 때, 너새니얼은 글자 그대로 눈이 휘둥그레졌다.

사자를 뜻하는 제목인 줄은 알고 있었지만 그 비주얼이 상상과 너무나 달랐기 때문이다.

저게 사자? 저 붉고 하얀 가발이 갈기?

맞아. 당신 머리하고 똑같지?

아무리 그래도 저렇게 털북숭이는 아니야.

아니. 당신이 화나서 머리카락을 산발할 때가 꼭 저래.

무대 위에서 기다란 홍백의 가발이 나란히 허공을 휘휘

돌고 있다.

저렇다고? 내가?

말문이 막힌 너새니얼 옆에서 미에코는 필사적으로 웃음을 참고 있었다…….

"너새니얼 씨, 안줏거리라도 내드릴까요? 일행은 아직 안 오실 모양이네요."

너새니얼은 회상에서 깨어나 흠칫 놀랐다.

도쿄 도심, 긴자 외곽에 있는 초밥집.

큰길을 몇 개 벗어난 골목에 있는 가게로 번화가 같지 않게 조용했다.

카운터 안쪽에서 초로의 남성이 미소를 짓고 있다.

"아니, 괜찮아, 기다리지, 주인장."

너새니얼은 고개를 저었다. 벌써 오래 알고 지낸 주인은 "알겠습니다"라는 대답을 끝으로 아무 말도 하지 않았다.

그는 다시 회상으로 돌아갔다.

그렇다, 미에코의 첫인상은 강렬함과 동시에 최악이었다.

하지만 예기치 않게 얼마 지나지 않아 뜻밖의 장소에서 재회하게 되었던 것이다.

사자와 작약

그 당시에는 아직 국제 콩쿠르라고 해도 굉장히 느긋했다.

스케줄도 지금처럼 빡빡하지 않았고 일정도 여유가 있었다.

입상자 콘서트 전에 하루 휴일이 있었는데 그동안에도 취재가 별로 없어 비교적 자유로웠다. 하물며 언론 노출도는 지금과 비교도 되지 않았으니 콩쿠르를 보러 간 관객이 아니라면 거리를 돌아다녀도 참가자나 입상자를 알아보는 일도 없었다.

그래서 다음 날, 너새니얼은 마음을 가다듬고 어느 공연장으로 향했다.

거기서 그날 콘서트가 열린다는 사실은 알고 있었다. 티켓은 이미 매진이라 들을 수는 없었지만 그의 목적은 콘서트 감상이 아니었다.

콘서트홀 앞 카페에서 시간을 죽이며 종연 시간을 기다렸다.

앙코르가 긴지, 예정 시간이 지났는데도 관객들은 좀처럼 나오지 않았다.

안절부절 기다리는 동안 콩쿠르 때보다 더 긴장하고 있다는 사실을 깨달았다.

그때 스태프가 나오고 정면의 문이 좌우로 활짝 열리더

니 안에서 상기된 얼굴의 관객들이 우르르 쏟아져 나왔다.

끝났다.

너새니얼은 벌떡 일어나 서둘러 공연장 대기실 입구 쪽으로 향했다.

조금 떨어진 곳에서, 나오는 사람을 절대 놓치지 않도록, 동시에 의심을 사지 않도록 조용히 살펴보았다.

늦가을의 뮌헨. 가만히 서 있으니 석조 바닥에서 냉기가 엄습했다. 하지만 너새니얼의 머리는 후끈후끈 달아올랐고 심장은 펄떡펄떡 뛰었으며 연주할 때는 거의 느껴본 적 없던 불안과 초조에 짓눌릴 것만 같았다.

그때, 대기실 입구 문이 열렸다.

낯익은, 장신의 마른 사내가 나온다.

지금이다.

그렇게 생각한 너새니얼이 뛰쳐나가려던 순간이었다.

그보다 먼저 그 남자에게 재빨리 달려가는 그림자가 있었다.

긴 흑발에, 낙타색 코트를 입은 젊은 동양인 여성.

엇?

허를 찔린 너새니얼은 그 자리에 멈춰 서고 말았다.

저건 어제 무대 뒤에서 너새니얼에게 욕을 퍼붓고 펑펑 울던 여자 아닌가? 어째서 이런 곳에?

남자는 잠시 놀란 표정을 지었지만 바로 평소처럼 무표정한 얼굴로 돌아가 손짓 발짓 섞어가며 뭔가 열심히 호소하는 그녀를 지그시 굽어보고 있었다.

뭐야, 대체?

너새니얼은 어리둥절했다. 아니, 이런 곳에 있을 때가 아니다. 저 여자가 무슨 용건인지는 모르겠지만 나도 가야 해.

그도 서둘러 달려가서 "하우저 씨!"라고 외쳤다.

소녀가 돌아보더니 놀란 표정을 지었고 장신의 마른 사내는 어리둥절한 표정을 지었다.

"어째서 여기에?"

소녀는 잠시 할 말을 잃은 기색이었지만 너새니얼이 "호프만 선생님을 만나게 해주십시오!"라고 외치자 눈을 더욱 동그랗게 뜨고 눈앞의 남자를 올려다보았다.

"이런, 미스터 실버버그까지. 오랜만입니다. 설마 두 분을 이런 곳에서 한꺼번에 뵙게 될 줄은."

장신에 마른 체구, 나이를 알 수 없는 (그는 철이 들었을 때부터 언제나 노인이라는 인상이었다. 분명 젊었을 때부터 노안이었으리라) 사내는 차분하기 그지없는 표정으로 두 사람을 번갈아 바라보았다.

지금은 유지 폰 호프만과 마찬가지로 전설적인 존재가된, 호프만의 교육 담당이자 집사이자 비서이면서 매니저인 프리드리히 하우저였다. 호프만을 만나기 위해서는 이 프리드리히 하우저라는 벽을 어떻게 공략하느냐가 전 세계 기획자와 업계인의 과제라고 일컬어진다.

그는 "참" 하고 연극적으로 뭔가를 떠올렸다는 듯이 웃음을 지었다.

"인사가 늦었네요. 결과는 들었습니다. 두 분 다 뮌헨 '2위' 축하드립니다. 역시 평판대로 대단하군요."

두 사람은 말문이 막혔다.

눈앞의 남자가 똑똑하게 '2위'를 강조했기 때문이다.

"하지만 최고 순위예요. 그보다 위는 없어요."

소녀가 고개를 치켜들고 과감하게 그렇게 말했다.

"선생님은 우승하면 제자로 받아주겠다고 약속하셨어요. 최고 순위라면 그 조건은 충족했다고 볼 수 있는 것 아닌가요?"

너새니얼은 기절초풍했다.

뭐라고? 나만 그런 게 아니라 이 여자도 호프만 선생님에게 그런 말을 들었단 말이야?

너새니얼은 크게 동요했다.

뮌헨에서 우승하면 제자가 될 수 있다.

그런 약속을 나눈 것은 자기뿐인 줄 알았고, 그런 약속을 받아낸 사실을 남몰래 자랑스럽게 여겼는데 설마 자기 말고도 같은 말을 들은 사람이 있었다니.

크게 동요하면서도 너새니얼은 질 수 없다는 듯이 외쳤다.

"그건 저도 마찬가지입니다. 우승하면 제자로 삼아주시겠다고 약속하셨습니다. 선생님과 직접 이야기하고 싶습니다. 부디 자리를 만들어주십시오."

"허."

하우저는 연극적으로 귀를 후볐다.

"혹시나 제가 뭔가 잘못 들은 걸까요? 제가 들은 바로는 이번 뮌헨 피아노 부문은 '1위 없는' '2위' 두 사람. 우승자는 없다고 들었습니다만, 제게 알려준 분이 착각했다는 말씀인지?"

두 사람은 또다시 말문이 막혀 입을 다물고 말았다.

검은 자동차가 조용히 다가왔다.

하우저는 손목시계를 쳐다보았다.

"선생님은 일정이 있어서, 이만 실례하겠습니다."

그때 대기실 문이 열리더니 회색 코트를 입은 그림자가 나타났다.

"호프만 선생님!"

소녀와 너새니얼이 동시에 외쳤다.

그들이 제자가 되고자 열망하는 그 사람, 유지 폰 호프만은 두 사람을 알아보고 "오오" 하고 싱긋 웃었다.

그 웃음만으로도 두 사람은 넋이 나가 걸음을 멈추고 말았다.

탄탄한 체구, 동그란 호박색 안경. 포용력 넘치는 저 아우라.

세계의 음악 팬들이 반한 살아 있는 전설, 희대의 마에스트로.

"들었어, 축하하네, 뮌헨. 두 사람 다 애썼어."

"선생님."

다가가려는 두 사람을 하우저가 단호하게 제지했다.

호프만은 호탕하게 웃으며 손을 저었다.

"거참, 우승 못 한 건 아쉬웠어. 나도 유감이야. 하지만 자네들이라면 괜찮아. 린드먼도 카민스키도 초일류 선생들이야. 자네들을 세심히 관찰하고 잘 키우고 있어. 그들에게 배우는 건 옳은 선택이야. 앞으로도 정진하게나. 기대하겠네."

그런 말을 남기고 마에스트로는 냉큼 차에 올라탔고 하우저가 그 뒤를 따랐다.

떠나가는 차, 남겨진 젊은 두 사람.

아연히 서 있다가 문득 정신을 차리고 얼굴을 마주 보았다.

사자와 작약

어색한 침묵.

또다시 소녀의 얼굴에 분노의 표정이 스멀스멀 떠올랐다.

실로 '물어뜯을 듯한' 표정.

"정말이야? 정말 당신도 호프만 선생님하고 약속했어?"

그 의심스러운 말투에 너새니얼은 울컥했다.

"그건 내가 할 말이야. 그쪽이야말로 정말 호프만 선생님이 우승하면 제자로 받아준다고 했어? 나한테만 그런 줄 알았는데."

"설마, 거짓말이라고 생각하는 거야?"

소녀의 표정이 한층 험악해졌다.

너새니얼은 가볍게 콧방귀를 뀌었다.

"아니, 솔직히 지금까지 너에 관한 이야기는 전혀 들어보질 못했어. 나는 나름대로 실적이 있거든."

그 말은 소녀의 화를 돋운 것 같았다.

"나도 있어. 난 정식으로 선생님 앞에서 연주하고 직접 약속을 받아냈단 말이야."

"어?"

너새니얼은 또다시 동요했다.

그는 호프만과 직접 약속한 것은 아니었다.

천재 소년으로 유명했던 그는 열 살 때부터 이미 리사

이틀을 몇 번이나 열었고 거기에 호프만이 몇 차례 들으러 왔다는 이야기를 듣고 연줄을 이용해 부탁했던 것이다. 확약을 얻은 것은 분명하지만 직접 이야기한 것은 아니다.

이 녀석은 호프만 선생님과 직접.

강렬한 초조와 질투, 일종의 배반당했다는 분노와 슬픔이 한 덩어리로 뒤섞여 치밀어 올랐다.

이 녀석만 없었다면.

말로 하지는 않았지만 그런 마음은 그녀에게 전해졌을 테고, 그 눈빛에서 그녀도 똑같은 생각을 하고 있음을 알 수 있었다.

두 사람은 한참이나 서로 노려보았다.

하지만 여기서 이러는 것은 시간 낭비임을 동시에 깨달았다.

"흥!"

한껏 험악한 태도 그대로 좌우로 갈라진 두 사람은 단 한 번도 뒤돌아보지 않고 성큼성큼 그 자리를 떠났다.

그날, 대기실 앞에서 호프만에게 직소했다가 허망하게 좌절한 두 사람.

그 후 매사 뒤끝 없는 미에코는 깔끔하게 포기하고 일본으로 돌아가 입학이 예정되어 있던 음악대학에 진학했다. 그렇지만 1년도 채 지나지 않아 예전부터 손짓하던 파리국립고등음악원에 유학해 그대로 파리를 중심으로 연주 활동을 펼치게 된다.

한편 매사 미련 많은 너새니얼은 그 후로도 스토커처럼 호프만(과 프리드리히 하우저) 주위를 맴돈 탓에 1년 뒤에는 두 손 든 호프만(과 프리드리히 하우저)에게 한 달에 한 번 함부르크의 호프만 자택에 레슨을 받으러 가는 형태로 허락을 받아 마침내 억지 제자가 되었던 것이다. 물론 호프만에게 '사사한다'는 사실은 서로 공식적으로 인정하지 않는다는 조건부이기는 했지만.

그렇다, 당시 너새니얼은 상당히 신경질적인 면이 있어 사소한 일에 언제까지고 끙끙거리곤 했다. 그런 자신을 늘 혐오했지만 마음대로 되지 않는 게 성격이다.

그래서 주위에서도 그의 재능은 인정하면서도 부스럼 다루듯 조심스러워하는 게 보였다. 그런 취급을 받는 것 역시 고통스러웠지만 그게 고통이라는 사실도 제대로 전달하지 못하고 더욱 신경질을 부리고 마는 악순환에 빠져 전전 긍긍하는 게 일반적인 패턴이었다.

그만 잊자, 그만 신경 쓰자.

그때도 미련을 남긴 채로 이튿날의 입상자 콘서트를 맞

이했다.

연주에 집중해야지. 콩쿠르는 이미 끝났다, 오늘은 축제다.

그렇게 스스로를 타일렀지만 그래도 대기실 입구 뒤에 멀뚱히 서 있던 순간의 짜증과 질투, 초조와 후회가 자꾸 엄습해서 가슴속이 울렁거렸다.

차례가 다가와도 마음은 좀처럼 가라앉지 않았다.

젠장.

너새니얼은 무대 뒤에서 차례를 기다리며 의자 위에서 머리를 감쌌다.

이러니까, 이런 성격이니까 그런 어중간한 결과가 나온 것이다. 바라던 결말이 나오지 않은 것이다.

그런 생각이 머릿속에 떠오르자 또다시 후회와 분통이 치밀어 올랐다.

소리 없이 깊은 한숨을 쉬었다.

아아, 이런 일로 끙끙거릴 때가 아닌데. 곧 관객들 앞에 나가야 하는데.

그는 모든 것을 저주했다. 호프만을, 콩쿠르를, 그리고 무엇보다 스스로를. 이렇게 엉망진창인 기분으로 어떻게 무대에 오를 수 있단 말인가?

그렇게 절망하고 있던 순간.

너새니얼의 앞을 가로지르는 상쾌한 바람에 그는 문득 고개를 들었다.

짙은 푸른색 드레스를 입고 그의 앞을 매끄럽게 빠져나가는 소녀의 잔상이 그의 안에 각인되었다.

뒤로 질끈 묶은 길고 검은 머리카락이 나풀거리며 허공에 궤적을 그렸다.

사가 미에코.

그와 같은 2위 소녀.

지난 이틀 동안 화난 얼굴과 우는 얼굴밖에 보지 못한 소녀.

하지만 그 순간, 그의 앞을 가로지른 그녀의 옆얼굴은 달랐다.

찰나의 순간 눈에 들어온 옆얼굴은 희미한 미소를 머금고 있었다.

그 사실에 너새니얼은 깜짝 놀랐다.

그리고 무엇보다 그녀의 옆얼굴에는 엄숙한 기대와 환희가 가득했다.

이제부터 음악을 한다는 환희. 자신의 음악을 전한다는 환희가.

너새니얼은 무심코 등을 곧게 폈다.

그녀의 옆얼굴을 본 순간, 그때까지 침울했던 마음이

어디론가 날아가버렸다.

우렁찬 박수 소리가 들린다.

정적.

그리고 연주가 시작된다.

문을 사이에 두고도 그 소리는 너새니얼의 귀에 기분 좋게 쏙 들어왔다.

쇼팽의 〈피아노 소나타 제3번〉.

생각해보면 소녀의 연주를 듣기는 그때가 처음이었다.

소문으로 들었던 대화의 조각들이 되살아났다.

대단히 강렬하고 드라마틱하다…….

정말이다.

너새니얼은 충격을 받았다.

이 얼마나, 얼마나 마음을 울리는 소리인가?

실제로 그는 자기가 희미하게 떨고 있다는 사실을 깨달 았다.

온몸에 스머드는 유연하고 생동감 넘치는 소리.

마음속 여린 부분을 뒤흔드는, 어딘가 그리우면서도 웃음소리가 들려오는 듯 익살스럽기도 한 소리.

소녀다운 청순함과 함께 성숙한 여인의 관능도 깃들어 있는…….

어느새 눈을 감고 지그시 귀를 기울이고 있었다.

탁하게 응어리져 있던 가슴속의 색채를 눈 깜짝할 새에 씻어주고 맑은 훈풍이 훑고 지나가는 듯하다.

그는 마음껏 즐겼다. 흡수했다. 감상했다. 그녀의 음악을, 음악을 하는 그녀의 환희를.

그녀의 연주는 순식간에 끝났고 우레처럼 엄청난 박수가 무대 뒤까지 울렸다.

너새니얼은 무심코 자리에서 일어섰다.

문이 열리고 빛을 등지고 돌아오는 소녀가 보였다.

몇 번이나 앙코르에 화답하는 소녀.

관객들의 열광이 스태프에게도 전염되어 모두가 소녀를 축복했다.

소녀는 더없이 상쾌하게 웃으며 등장했을 때와 마찬가지로 그의 앞을 가로질러 물러났다.

찬란한 바람.

"나갈 차례입니다."

스태프가 불렀을 때, 너새니얼은 자기가 고요한 바다처럼 평온하고 활력이 넘치고 있다는 사실을 깨달았다.

그렇다, 두려워할 이유가 무엇인가?

너새니얼은 무대로 이어지는 통로 앞에 섰다.

나는 음악을 하기 위에 이 자리에 섰다. 오로지 내 음악을 전하기 위해 이 자리에 있다.

그것이 우연히 뮌헨이었을 뿐이다. 1위니 2위니, 제자가 되느니 마느니. 그런 것들은 그저 사소한 문제일 뿐, 목적은 어디까지나 음악을 하는 것. 그 이상 대체 무엇을 바라겠는가?

문이 열린다.

박수 소리에 감싸여, 밝은 빛 속에서, 너새니얼은 당당하게 걸음을 뗐다.

"당신, 왜 이런 데 숨어 있는 거야?"

그렇게 묻는 목소리에 너새니얼은 정신을 차렸다.

시끌벅적한 분위기.

입상자 콘서트가 끝나고 북적거리는 파티장은 숨이 막힐 정도였다.

여기저기서 입상자를 에워싼 울타리가 생겼고, 그 사이를 돌아다니는 음악 관계자가 밝은 영업용 웃음소리를 내고 있다.

너새니얼은 파티라는 이름이 붙는 자리가 불편했다.

처음에는 인내하며 차례로 찾아오는 업계 사람들이나

후원자, 심사 위원들의 대화에 어울렸지만 원래 응대를 잘하는 편도, 살가운 성격도 아니다.

상대도 그것을 눈치챘는지 너새니얼 곁에 오래 머무는 사람은 많지 않았다.

파티의 중심에 있는 것은 그 동양인 소녀였다.

그녀가 나타난 순간, 그야말로 탐스럽게 핀 꽃처럼 모두의 시선을 사로잡은 것을 알 수 있었다.

머리를 묶어 올리고 기모노를 차려입은 그녀는 글자 그대로 빛났다.

크림색 천에 옅은 초록빛과 보랏빛 그러데이션이 들어간 기모노에는 꽃잎이 풍성한 하얀 꽃이 그려져 있었는데 말로 표현할 수 없는 품격이 있었다. 띠는 은색. 뒤쪽은 복잡한 형태의 입체 매듭으로 대체 어떻게 묶었는지 짐작도 가지 않는다.

그녀 주변만 점점 사람들이 늘어나는 상황에 주눅이 든 너새니얼은 슬그머니 파티장 구석으로 피신했다.

그래도 기분은 그리 나쁘지 않았다.

입상자 콘서트에서 얻은 반응에 뜻을 굳힌 덕분이기도 했다.

지금까지 느껴보지 못한, 마음이 해방된 듯한 연주를 했다는 실감이 있었고 앞으로도 흔들리지 않고 해나갈 수 있다는 확신을 얻었다는 사실에 만족했던 것이다.

이 경지에 이르렀다는 것만으로도 이번 콩쿠르에 참가한 보람이 있다.

그렇게 후련한 심경으로 콘서트 관객들의 반응을 반추하고 있을 때, 갑자기 누가 말을 건 것이다.

"어?"

한 박자 늦게 뒤를 돌아본 너새니얼은 거기 서 있는 커다란 눈의 동양인 소녀를 보고 얼이 빠졌다.

"왜 여기에."

"아, 배고파. 뭘 먹을 겨를이 있어야지."

소녀는 접시에 담은 요리를 살짝 들어 보여주었다.

그렇군, 식사를 하러 왔나.

소녀는 훈제 연어를 입에 넣고 오물오물 씹었다.

"당신은 뭐 좀 먹었어?"

"듣고 보니 손도 안 댔네."

"뭐라도 좀 가져다줄까?"

소녀가 움직이려 하기에 너새니얼은 황급히 손을 저었다.

"아니. 괜찮아, 난 별로 배 안 고파."

"그래?"

소녀는 접시 위의 요리를 차례로 배 속에 담았다.

사자와 작약

그 왕성한 식욕에 어안이 벙벙하면서도 그제야 너새니얼은 비로소 자기 눈앞에 서 있는 사람이 상당한 미소녀라는 사실을 깨달았다.

윤기 흐르는 검은 머리, 맵시 있는 눈썹, 풍성하고 검은 속눈썹, 립스틱을 바른 도톰한 입술.

"으음, 그거 장미꽃?"

넋을 놓고 바라보았다는 사실을 숨기듯 너새니얼은 작게 헛기침을 하고 소녀의 기모노에 그려진 꽃에 시선을 돌렸다.

"아니, 작약이라는 꽃이야."

"일본 꽃이야?"

"동양에는 많아. 일본에서는 아름다운 여성을 표현할 때 '서면 작약, 앉으면 모란, 걷는 모습은 백합꽃'이라고 비유해."

"아름다운 여성. 자기 입으로 말하다니 꽤나 자신 있나 보네."

너새니얼이 비아냥거리듯 말하자 소녀가 어깨를 으쓱 움츠렸다.

"어차피 전투복인걸."

싸늘한 목소리로 예상치 못한 단어를 내뱉는 바람에 알아듣지 못했다.

"뭐?"

소녀는 근처 테이블에 빈 접시를 내려놓고 종이 냅킨을 집어 입술을 가볍게 닦았다.

"우리 아버지가 항상 하는 말씀이야. 서구의 가치관이 표준인 이 세상에서 살아가려면 사교와 외교가 필요하다고. 외교관에게 파티장은 전쟁터다. 그러니 너도 클래식 음악계라는, 그야말로 서구의 가치관으로 똘똘 뭉친 장소에서 살아갈 셈이라면 파티장에서는 단단히 무장하고 얼굴과 이름을 알리고 스스로를 홍보하고 오라는 거야."

"하."

태연하면서도 상쾌한 대답이었다.

오만하고 고집스러운 여자라는 이미지가 대번에 바뀌는 것을 느꼈다.

그녀는 가치관도 문화도 다른 머나먼 극동의 나라에서 날아와 홀로 이국에서 싸우고 있는, 열여덟 살의 투철한 전략가였던 것이다.

"하지만 그건 당신도 마찬가지잖아?"

그녀는 날카로운 눈으로 너새니얼을 힐끔 쳐다보았다.

"내가?"

너새니얼이 어리둥절해하자 소녀는 그의 옆에 나란히 섰다.

"나, 당신에 대해 알고 있었어. 열 살에 데뷔한 천재 신동. 부에노스아이레스에서도 유명해."

소녀는 파티 인파에 눈길을 돌렸다.

"기대하고 있었어. 당신 연주, 전부 들었어. 훌륭했어. 나도 열심히 해야겠다고 생각했어. 지기 싫어서 노력했어. 오늘 〈라 발스〉도 굉장했어."

"네 쇼팽도 훌륭했어."

너새니얼이 솔직하게 말하자 소녀는 깜짝 놀란 얼굴로 그를 쳐다보았다.

설마 그가 자신의 연주를 칭찬할 줄은 몰랐던 모양이다.

"기뻐. 고마워."

소녀는 생긋 웃더니 쑥스러운 듯이 고개를 앞으로 돌렸다.

너새니얼은 심장이 두근거리고 얼굴이 화끈거렸다.

정면에서 본 그녀의 웃는 얼굴이 근사했기 때문이다.

소녀는 다시 진지한 얼굴로 돌아왔다.

"하지만 안 돼, 아무리 천재 소년이라고 해도 이런 데 처박혀 있으면. 이 세계는 넋 놓고 있으면 계속 다음 천재가 나오니까. 당신도 여기서 살아가려면 장식품 노릇은 그만해."

너새니얼은 소녀의 얼굴을 바라보았다.

살아간다. 이 세계에서.

뭔가가 자연스럽게 납득되는 감각이었다.

"응."

너새니얼은 무의식중에 몇 번이나 고개를 끄덕였다.

"응, 그래."

소녀는 씨익 웃더니 인파 쪽을 가리켰다.

"봐, 저쪽에 바이에른하고 리옹 오케스트라 예술 감독이 와 있어. 뮌헨에서 콘서트가 있어서 우연히 들렀대. 밑져야 본전이니 정기 연주회 솔리스트로 써주지 않겠냐고 타진하러 가볼래? 뮌헨 최고 순위 두 명을 세트로, 하루에 한 사람씩 어떠냐고."

"뭐? 너하고 세트로?"

너새니얼은 얼굴을 찌푸렸다.

소녀는 콧방귀를 뀌었다.

"어쩔 수 없잖아. '우승자가 없다'는데, 세트 판매라도 해야지."

너새니얼은 작게 웃었다. 그녀가 '우승자가 없다'고 프리드리히 하우저와 똑같은 목소리로 말했기 때문이다.

"좋아, 가볼까?"

소녀는 주먹을 불끈 쥐었다.

사자와 작약

"됐다, 나 혼자서는 불안했는데."

"뭐야, 처음부터 그럴 작정으로 날 찾아온 거야?"

"어때서, 손해 볼 것 없잖아."

두 사람은 인파를 헤치고 씩씩하게 파티장 중심으로 걸어갔다.

그것이 두 사람의 시작이었다.

오케스트라 출연 타진은 실패했지만 서로 연락처를 교환하고 헤어졌다.

그리고 그때, 너새니얼은 그녀를 사랑하게 되었다. 기모노를 '전투복'이라고 말한 그녀를. '여기서 살아가겠다'고 선언한 그녀를.

1년 후에는 파리에서 재회했고, 그는 그녀를 만나기 위해 런던과 파리를 왕복했으며, 그녀 곁을 떠나기 싫어 구혼했고, 결혼했고, 이윽고 이별하여…….

"잠깐, 당신, 왜 아무것도 안 먹었어? 내가 늦는다고 먼저 먹으라고 몇 번이나 말했잖아."

기억과 똑같은, 여전히 조금 낮고 위압적인 목소리가 들려와 너새니얼은 회상에서 깨어났다.

고개를 들자 기가 막힌다는 표정으로 그를 노려보는 사가 미에코의 얼굴이 있었다.

그로부터 30년 넘는 세월이 흘렀다.

확실히 서로 나이를 먹었다. 서로 다른 상대와 아이도 얻었다.

그 얼굴에 걸맞은 연륜은 배어 있지만 그녀의 눈빛과 에너지는 예나 지금이나 변함없다.

너새니얼은 허둥지둥 자세를 고쳐 앉았다.

"아아, 미에코, 왔어?"

"태평한 소리 할 때야? 배고프지? 정말, 왜 안 먹는 거야. 사장님도 그렇지, 이 사람 내버려두면 언제까지고 안 먹으니까 눈앞에 그냥 내주지 그랬어요."

"죄송합니다, 눈치가 없어서."

미에코가 잔소리를 퍼붓자 카운터 안에서 주인장이 머리를 긁적였다.

"아니, 내가 기다리겠다고 한 거야."

너새니얼은 손을 저으며 카운터 밑에서 작은 꽃다발을 꺼냈다.

"자."

미에코가 눈을 휘둥그레 떴다.

"응? 오늘 무슨 날이야? 우리 둘 다 생일 아니지?"

미에코는 꽃다발을 받으며 옆자리에 앉았다.

"우리가 처음 만난 날 기념이야."

"처음 만난 날?"

미에코는 실눈을 뜨고 기억을 더듬었다.

"언제 얘기야?"

"뮌헨 입상자 콘서트 날."

"어머나, 그랬나? 오늘이었어? 그렇게 따지면 처음 만난 건 시상식이었을 텐데."

미에코는 고개를 갸웃거렸다.

"괜찮아."

너새니얼은 슬며시 웃었다.

내가 미에코를 진정한 의미로 '만났다'고 생각한 날이니까.

"흐음. 별나긴. 뭐, 됐어. 고마워."

미에코는 꽃다발에 잠시 코를 대고 향기를 맡았다.

"어머, 좋은 향기네."

미소를 지으며 카운터에 살며시 꽃다발을 내려놓는다.

"그나저나 어땠어? 봄에 열릴 음악제 사전 회의도 하고 왔지?"

"으음, 그게 말이야, 미리 들었던 이야기하곤 완전히 달라서."

그때까지의 공백은 말끔히 잊고 대화에 심취한 두 사람 앞에 샴페인 글라스가 놓였다.

가사와
그네

袈裟 と 鞦韆

인생은 짧으니 사랑하라, 소녀여.

히시누마 다다아키는 자기가 무의식중에 그렇게 읊조리고 있었음을 깨닫고 쓴웃음을 지었다.

내가 시무라 다카시*도 아니고.

히시누마는 조용히 주위를 둘러보았다.

해 질 녘 놀이터.

몸이 부르르 떨렸다.

4월도 중순이 지나 도쿄의 벚꽃은 이미 졌다. 봄이라 해

---

* 구로사와 아키라 감독의 주요 영화에 많이 출연한 일본 배우. '인생은 짧으니 사랑하라, 소녀여'는 영화 〈살다〉에서 시무라 다카시가 그네를 타며 부르는 노래의 가사이다.

도 해가 저물면 생각보다 쌀쌀하다.

저도 모르게 코트 옷깃을 여몄다.

나이를 예순일곱이나 먹은 노인이 해 질 녘 놀이터에 앉아 있다. 그 상황에 구로사와 아키라의 영화 〈살다〉가 떠오른 것 같다.

시무라 다카시가 목숨이 얼마 남지 않은 그 소심한 공무원을 연기했을 때는 아직 사십 대였을 터. 노인 역할을 연기한 탓도 있겠지만 애초에 옛날 배우는 지금보다 훨씬 어른스럽고, 원래부터 늙어 있었다.

환갑을 이미 지나 겉모습은 족히 노인인데도 여전히 자기가 어른이 되었다는 실감이 없는 히시누마의 머릿속에서 지금 여기 이렇게 그네를 타고 있는 것은 기껏해야 마흔이 될까 말까 한 애송이였다.

문득 생각이 나 코트 주머니에서 담배를 꺼냈다.

요즘은 어디서나 흡연이 눈치 보이지만 해 질 녘 사람 없는 공원이다. 도저히 한 대 피우지 않고는 견딜 수 없었다. 아니, 요 며칠, 한 대의 여유조차 잊고 있었다.

장례식에서 돌아오는 길이었다.

어제 오후 모리오카에 도착해 시내 사원에서 밤샘을 했다. 하룻밤 묵고 오전에 고별식에 참석했다가 도쿄로 돌아오는 길이었다.

그의 고향은 아직 추워서 벚꽃은 없었다. 조문객은 모두 똑같이 무거운 코트에 몸을 감싸고 있었다.

어째서 그리 젊은 친구가 나보다 먼저 떠나는 건가. 하늘도 무심하다는 건 이런 걸 두고 하는 말이로구나.

히시누마는 분하다는 듯이 연기를 내뱉었다.

문득 그 연기가 눈에 스며들어 눈을 깜빡거렸다.

"선생님, 제대로 기록하질 못하겠어요. 소리는 분명 들리는데 음표로 그리면 어딘가 달라요. 머릿속에서 울리는 소리와 전혀 다르게 느껴지는 건 제 절대음감이 정확하지 않은 탓일까요?"

어눌하면서도 따지듯 말하는 사내였다.

오사나이 겐지라는 이름이었다.

작곡과 수업에서 한 해 가르친 적은 있지만 그가 따른 사람은 다른 교수였기 때문에 딱히 제자라고 할 수는 없었다.

재능 넘치는 학생들 사이에서 그는 조금 이질적이었다.

유명한 음대 작곡과에 들어오려면 그 나름의 준비를 해야만 한다. 어렸을 때부터 누군가에게 지도를 받아 작곡을 배운다. 과거의 입시 과제를 연구하고 '경향과 대책'을 협의한다. 실제 입시 과제는 이틀에 걸친 교향곡 작곡, 이런

식이라 기초를 배우지 않으면 입시를 치르지도 못한다.

따라서 음대에 들어오는 학생은 고등학생, 빠른 사람은 중학생 때부터 누군가의 밑에서 배우니 교수들과도 대충 아는 사이인 셈이다.

굳이 따지자면 '도회적인' 학생이 많은 가운데 그는 남들과 달랐다.

말끔하고 스마트한 기성품 같은 학생들과 달리 품고 있는 기운이 '광활'했다.

걷기만 해도 그와 함께 탁 트인 공간이 다가온다. 그런 인상을 받았다. 기운만으로 그가 어디쯤 있는지 알 수 있을 정도였다.

"자네 부모님은 뭘 하시나?"

언젠가 히시누마가 그렇게 물었을 때 이와테에서 홉 농사를 짓는다는 대답에 유독 수긍이 갔다.

"수확은 중노동입니다. 어쨌거나 이만큼이나 높으니까요."

그는 손을 높이 뻗어 보였다.

사진으로 홉 농장을 구경한 적이 있다.

그야말로 높이 10미터는 될 법한 벽 같은 곳에서 온통 연두색 홉이 열매를 맺고 있었다.

"이런 걸 어떻게 수확해?"

"요즘은 전용 기계도 있지만 기본적으로는 사다리를 타고 사람이 거둡니다."

"그거 고되겠군. 나는 고개만 들고 있어도 대번에 현기증이 나서 굴러떨어지겠어."

아하하하, 그는 유쾌하다는 듯이 웃었다.

호탕했지만 신경질적인 면도 있었다. 결코 요령 있는 타입이 아니라서 다른 학생들처럼 방송업계나 게임업계를 들락거리며 작은 콘텐츠를 조물조물 만드는 아르바이트는 하지 못했다. 어느 쪽인가 하면 과작寡作 부류에 들어가리라.

머릿속에서 울리는 소리와 이미지가 다르다.

흔히 그렇게 말하며 고민하곤 했다.

그것은 절대음감 탓이 아니라 순수하게 테크닉 문제이며, 악보라는 것의 숙명이다.

히시누마는 그가 불안을 토로할 때마다 끈기 있게 타일렀다.

악보라는 것은 음악이라는 언어의 번역이며 그 이미지의 최대공약수에 지나지 않는다. 연주자는 그 최대공약수에서 작곡가가 생각한 원래 이미지를 짐작하는데, 외국어 번역이 결코 원래 의미와 완전히 일치하지 않는 것처럼 작곡가의 이미지와 다른 것은 당연한 일이다.

하지만 그래도 머릿속 이미지에 가깝게 연주할 수 있는 기보記譜 테크닉은 존재한다. 그것을 배우는 것이다.

불안한 표정으로 히시누마의 말을 듣고 있던 그의 얼굴을 떠올렸다.

요컨대 저는 서툰 거군요.

그렇게 말하며 항상 짧게 다듬은 머리를 긁적거렸지.

하지만 히시누마는 그의 곡을 좋아했다. 그가 쓰는 악보는 아름다웠고, 종종 눈길을 끄는 번득임이 있었다.

무엇보다 어느 곡이나 '그의 소리'가 났다. 그것은 작곡가에게 무엇보다 중요한 점이다.

"이와테로 돌아가럽니다."

졸업하고 어찌할 생각인지 히시누마가 물었을 때, 그는 그렇게 대답했다.

"집안일을 도우면서 곡을 만들겠습니다."

그런가. 맛깔스러운 홉을 만들어, 그것으로 수제 맥주를 만들어 맛보게 해달라고 하자 "예" 하고 싱긋 웃었다.

하는 김에 〈오사나이 홉 조곡〉을 지어서 수제 맥주 테마송으로 삼게나.

"아아, 그거 좋네요. 고려해보겠습니다."

그는 고개를 주억거렸다.

가사와 그네

해마다 히시누마 앞으로 반듯한 글씨로 적은 연하장이 도착했다. 연하장에는 1년 동안 지은 곡의 이름이 적혀 있었다.

곡명이 여러 개 적혀 있을 때도 있거니와 몇 년 동안 같을 때도 있었다. 고향의 농장에서 일하면서 곡을 짓기란 본인이 생각했던 것 이상으로 고되었는지, 덧붙은 문장에서 그 사실을 엿볼 수 있었다.

졸업하고 8년이나 지났을까? 그해 연하장에는 곡명은 없고 소꿉친구와 결혼했다는 소식이 적혀 있었다.

축하할 일이었지만 가족을 부양해야 하니 점점 더 작곡에서 멀어지는 게 아닐까 걱정이 되었다.

하지만 어차피 그의 인생이다. 히시누마가 참견할 바가 아닌 줄 알고는 있었지만 일말의 서운함을 느낀 것도 사실이었다.

하지만 그로부터 2년 후, 뜻밖에도 신진기예 작곡가들의 등용문인 어느 상의 수상자에서 그의 이름을 발견해 몹시 기쁘고 놀라웠다.

그는 계속 작곡을 놓지 않았던 것이다.

묵묵히 힘겨운 육체노동을 하면서 곡을 만들고 있었다.

그 사실이 무엇보다 기뻐서 히시누마는 신문을 보며 "다행이다, 다행이야" 하고 중얼거렸다.

이듬해 연하장에는 '겨우 완성했습니다'라는 말과 함께 수상한 곡명이 당당하게 적혀 있었다. 덧붙이자면 보내는 사람 이름 부분에 갓 태어났다는 아들 이름이 한 줄 늘어나 있었다.

오호라, 그래서 분발했구나, 히시누마는 고개를 끄덕거렸다.

그나저나 내게 보내준다던 수제 맥주는 어떻게 되었나. 자식 농사보다 그쪽이 먼저 아닌가.

그렇게 연하장에 대고 투덜거렸다.

그로부터 몇 년 동안은 연하장에 여러 곡명이 실려 있었다.

허, 잘하고 있네, 작곡 분량도 늘었군.

히시누마는 그렇게 감탄했다.

스스로 과작 타입이라고 생각하던 사람도 꾸준히 하는 사이에 어느 순간 스위치가 켜져 자기 안에 어떤 '회로' 같은 것이 생겨서 작품이 샘솟듯 나오는 경우가 있다.

분명 그도 그런 타입이었으리라, 그렇게 생각했다. 이로써 작곡가로 계속 활동할 수 있겠거니 안도했다.

하지만 4년이 지나자 업계 안에서 다른 소문도 들려왔다.

가사와 그네

상을 받은 뒤 그에게 신곡 의뢰가 쇄도했다. 겨우 작곡가로 인정받았다는 사실이 기뻐서 그는 하나도 거절하지 않고 상당히 많은 위촉 의뢰를 받아들였지만 도저히 기한을 맞추지 못해 마감 직전에 사퇴한 적이 몇 번이나 있다는 것이었다.

위촉곡은 초연 날짜가 엄밀하게 정해져 있다. 연주자가 연습할 시간도 필요하고, 작곡가에게 마감은 절대적이다.

그것을 맞추지 못한다는 것은 프로에게는 치명적이다.

히시누마는 조마조마한 마음으로 그런 소문을 듣고 있었다.

아니나 다를까, 썰물이 빠지듯 그를 향한 의뢰는 줄어들었다.

그래도 히시누마에게 연하장은 날아왔다.

이제는 곡명이 아니라 성장해가는 아이 사진만 실린 연하장이었다. 소식도 무난한 인사말뿐.

그리고 올해 연하장.

'훕 조곡, 만들고 있습니다.'

그 한 줄이 적혀 있었다.

아직 만들고 있다. 계속 작곡하고 있다.

히시누마는 아주 조금 안도했다.

그렇다, 원래 꾸준히 만드는 타입이었다. 본인에게 맞

는 방법으로 계속하면 된다. 양산하지 못하더라도, 그래도 계속해주기만 한다면.

그리고 지난주.

전화가 걸려왔다. 전화한 사람은 그의 아내였다. 전화기 너머에서 어딘지 모르게 서늘한 기운이 감돌았다.

그것은 오사나이 겐지가 마흔넷이라는 젊은 나이로 요절했다는 소식이었다.

그 소식을 듣고 히시누마는 몹시 동요했다.

어째서 이토록 동요하는지 스스로도 이해할 수 없을 정도였다.

"잠깐, 여보, 왜 그래, 뭐 하는 거야?"

흠칫 놀란 아내의 목소리에 정신을 차리고 보니 여행용 가방에 면도기를 넣었다 뺐다 하며 자꾸 화장실과 방 사이를 유령처럼 헤매고 있었다.

"이와테에 가야 해, 그 녀석, 홉을 재배해, 내게 맥주를 보내주기로 했어."

히시누마가 넋 나간 사람처럼 중얼거리자 아내는 그렇지 않아도 유별난 남편이 마침내 어떻게 된 줄 알고 창백해졌다.

"웃기지 마, 아직 마흔넷이라면서, 아이도 어린데."

가사와 그네

그렇게 퍼부어대자 아내는 방금 전 전화가 제자의 부고였음을 직감했던 모양이다.

아내는 갑자기 차분해지더니 히시누마의 어깨를 힘껏 두드리고 얼굴을 들여다보았다.

"정신 바짝 차려. 당신이 우왕좌왕하면 어쩌려고 그래. 당신이 바로 그 가족을 다독여줘야 할 입장이잖아."

아내의 일갈에 정신이 번쩍 들었다.

"맞아. 암, 그렇지."

히시누마는 눈을 끔뻑거리다가 이번에야말로 제대로 짐을 싸기 시작했다.

가방에 쑤셔 넣은 그 책을 발견한 것은 도호쿠 신칸센 고속열차에 올라타 고리야마를 지났을 때였다.

『미야자와 겐지 시집』.

이건 왜 또.

히시누마는 쓴웃음을 지었다. 이와테, 오사나이 겐지, 거기에서 연상한 것일까?

아니, 그렇지 않다. 과거에 오사나이가 직접 미야자와 겐지에 대해 이야기한 적이 있었다. "한자는 다르지만 같은 이름이고, 고향도 같아서 동질감을 느낍니다"라고.

그런 이야기를 한 게 대체 언제였던가?

기억 속의 그가 한 말은 이제는 시계열이 어렴풋했다.

하지만 어딘가 야외에서 나눈 대화였던 것은 기억한다.

신록 속에서, 바람이 불고 있었다.

야외 음악제였을까, 우연히 마주쳐서 "선생님" 하고 히시누마 곁에 앉지 않았던가?

"악보 같습니다."

그렇다, 녀석은 그렇게 말했다.

"악보?"

"예. 「봄과 수라」는 원래 각 줄 첫머리가 물결처럼 들쭉날쭉해서 언뜻 봤을 때 음표의 연속처럼 보여요. 처음 봤을 때 멜로디 같다고 생각했습니다."

"흐음, 그건 몰랐네. 초판본은 그렇다는 말이겠지?"

"예. 그걸 충실하게 옮긴 판본도 있지만요."

히시누마는 책을 꺼내 「봄과 수라」가 실린 페이지를 펼쳐보았다.

이 판본의 「봄과 수라」는 각 줄 첫머리 위치가 똑같았다.

가사와 그네

노여움의 쓸쓸함 그리고 푸릇함

4월의 대기층 쏟아지는 빛의 바닥을

침 뱉고 이 갈며 오가는

나는 하나의 수라이니라.

"어째서일까, 통 붙잡을 수가 없어요."

녀석은 그렇게 말하며 고개를 갸웃거렸다.

"바로 눈앞에 있는데."

바람이 불고 있었다.

그 눈이 문득 아득한 곳을 바라보았다.

"지금도 저기서 울리고 있고, 들려옵니다. 하지만 오선지에 그리려 하면 사라져버리고, 써보면 전혀 다른 게 되어버려요. 선생님은 테크닉 문제라고 말씀하셨지요. 분명 그것도 조금씩 이해해가고는 있습니다. 머릿속에서 울리는 소리와 기보를 맞춰나가는 게 어떤 작업인지, 조금씩은."

"그거 대단하군."

히시누마는 껄껄 웃었다.

"나도 아직 소리와 기보를 '맞추는' 단계니까. 그야 있기는 하겠지. 처음부터 머릿속에서 완벽한 악보가 완성되어 있고 그것을 옮겨 쓰기만 하면 되는 부러운 놈들이."

뜻밖이라는 듯이 히시누마를 쳐다보는 그의 시선이 느

꺼졌다.

"하지만 그건 시시하지 않나? 옛날 작곡가들은 자기 머릿속에 있는 소리를 내려고 얼마나 고생했는지. 그래서 다양한 악기를 만들어내서 나오는 소리를 늘리고, 다양한 울림의 음색을 추구해 묵묵히 개량을 거듭했어. 원하는 소리를 완벽하게 낸 작곡가는 절대 없을 거야. 애초에 소리란 것은 악기로 연주할 수 있는 평균율에 다 담아낼 수 없으니까."

히시누마는 옆에서 귀를 기울이는 청년의 얼굴을 보았다.

"그러니 맞춰나가는 것도 중요하지만 음악을 기보에 맞추는 건 적당히 하게. 기보를 음악에 맞춰야 해. 음악을 양보하지 마. 기보가 양보하게 만들어."

히시누마는 나직한 한숨을 쉬었다.

부끄러워서 쥐구멍 속에 숨고 싶은 심경이었다.

잘도 그렇게 설교를 했구나. 정작 나는 성공한 적이 있었던가?

창밖으로 시선을 돌렸다.

탁하고 색채가 없는 풍경. 아직 도호쿠의 봄은 멀다.

멍하니 페이지에 시선을 떨어뜨렸다.

가사와 그네

진실한 언어는 사라지고

구름은 찢기어 하늘을 난다.

아아, 광휘의 4월의 바다을

이 갈고 타오르며 오가는

나는 하나의 수라이니라.

눈을 찌르는 그 부분에 가슴이 먹먹해졌다.

마치 오사나이 그 자체 같다는 그의 생각을 꿰뚫어 보고

거기에 글자로 인쇄되어 있는 것처럼 느껴졌기 때문이다.

더군다나 지금은 실로 4월.

4월의 바다을, 땅을 기어 도호쿠로 날아간다.

그래, 오사나이. 자기 것을 만든다는 점에서 자네나 나나 다를 바 없어. 둘 다 음악 앞에서는 대등하다. 누구나, 오직 홀로 황야를 지나는 수라인 것이다.

열차가 터널에 빨려 들어가는 순간이면 히시누마는 언제나 누군가가 일제히 파이프오르간으로 화음을 연주하는 순간을 상상하곤 했다.

하지만 오늘은 그 화음도 귀에 들어오지 않고 어두운 창에 비친 그의 얼굴이 원망스레 이쪽을 쳐다보는 모습만 바라볼 뿐이었다.

"히시누마 선생님이신가요?"

누군가가 그렇게 물은 것은 이튿날 고별식이 끝났을 때였다.

전날 모리오카에 도착했을 때는 이미 캄캄했고 차가운 비도 내려서 추웠다.

장례식장 접수처 주위는 음악 관계자와 농업 관계자가 뒤섞여서 상당히 어수선했다. 응대하는 쪽도 다소 혼란스러운 상황이라 유족에게 제대로 인사도 하지 못했다.

히시누마는 오사나이 겐지의 지도 교수를 발견하고 오늘 안에 도쿄로 돌아간다는 다른 음악 관계자와 함께 모리오카역 근처에서 한잔 걸치고 비즈니스호텔에 투숙했다.

이튿날 아침은 한껏 맑았다.

하늘이 탁 트인 동네구나, 호텔을 나선 히시누마는 그런 생각을 했다.

고요하고 차가운 창공.

(슬픔은 푸릇푸릇 깊어가고)

어제 열차 안에서 읽은 「봄과 수라」의 한 구절이 문득 머릿속에 떠올랐다.

어젯밤에는 어두워서 몰랐는데 임제종 사원은 제법 훌

릉했다.

버젓한 절이로군.

사실 히시누마는 우에노 변두리에 있는 정토종 사찰 집안의 다섯 형제 중 막내였다.

음악을 처음 의식한 것은 조부가 사당에서 낭랑히 읊조리는 영가였던 것으로 기억한다.

때문에 절은 일상생활에서 익숙한 장소였고 '노래하는' 장소이기도 했다.

어린 히시누마는 들은 영가를 닥치는 대로 외워서 어깨너머로 배워 채보까지 해냈다. 놀란 부모가 당시 유명했던 사립 음대가 주최하는 아이들을 위한 음악교실에 보내준 것이 그의 음악가 인생의 시작이었다.

그러고 보니 미야자와 겐지도 열여덟 살에 법화경을 읽고 감동해 평생 애독했다는 이야기를 들은 적이 있다. 음악에 대한 그의 애정은 이미 유명하지만 어쩌면 불경도 한 자락을 차지하고 있을지 모른다.

그렇게 생각하니 뒤늦게 히시누마도 미야자와 겐지에게 동질감을 느꼈다.

고별식 때 정식으로 마주한 오사나이의 사진은 어쩐지 쑥스러운 표정이라 "아, 선생님, 오랜만입니다. 일부러 모리오카까지 먼 걸음 하시게 해서 죄송합니다"라고 말하는 것처럼 보였다.

정말이지. 노인을 이렇게나 걷게 하다니. 춥잖아. 아무리 생각해봐도 자네가 먼저 내 장례식으로 상경하는 게 도리 아니던가.

히시누마는 내심 그렇게 중얼거리며 향을 올렸다.

어젯밤에는 혼란스러워 잘 몰랐지만 요절이라고 해도 좋을 나이라 훨씬 비통한 자리가 될 줄 알았는데 의외로 덤덤한 분위기에 놀라고 있을 때 누가 말을 건 것이었다.

"겐지의 형입니다."

"누나입니다."

"아내입니다. 그리고 이쪽이 아들입니다."

그렇게 나란히 고개를 숙인 세 사람과 한 아이는 어쩐지 무척 닮은꼴이었다.

같은 종류의 얼굴, 같은 그룹의 얼굴이라고나 할까.

체형도 모두 탄탄하고 적당한 살집에 적당한 키.

초등학생이라는 아들도 어머니를 쏙 빼닮아서, 솔직히 기억 속의 오사나이 겐지와는 별로 닮지 않았다.

다만 그들이 몸에 두른 광활한 기운, 널찍하고 바람이 잘 드는 공간에 있다는 분위기만큼은 오사나이 겐지와 똑같았다.

가사와 그네

"겐지가 자주 선생님 이야기를 했습니다. 선생님이 자기 곡을 기다리고 있다고요."

"맞아요."

"요즘 겨우 곡을 지을 수 있게 된 참이었는데."

그렇게 말하며 온화하게 얼굴을 마주 보는 그들의 표정은 이미 겐지의 죽음을 받아들인 듯 차분했다.

"이번 일은 정말 유감입니다."

히시누마가 그렇게 입을 열자 세 사람은 "아닙니다" 하고 나란히 고개를 저었다.

"겐지는 이제야 겨우 편안해졌을 겁니다."

"응. 겐지치고는 성공했어. 그렇지? 나미 씨?"

히시누마가 조마조마할 정도로 무심한 말투였지만 겐지의 아내도 쓴웃음을 흘렸다.

"아, 정말, 그 사람, 별로 요령 좋은 사람이 아니라서 계속 괴로워 보였어요. 홉을 만들어도 곡을 만들어도 항상 고민만 하고. 그걸 보는 쪽이 더 힘들었어요."

아들의 어깨를 꼭 끌어안는다.

아들은 아버지의 죽음을 제대로 이해하지 못하는지 어리둥절한 표정으로 어머니를 올려다보았다가 히시누마를 올려다보았다.

"겐지는 외계인 같은 면이 있어서 본인도 주변 사람들

도 어째서 여기에 있나 생각하곤 했습니다. 모두 겨우 돌아
간 거라고들 했지요."

"사인은 뭐였습니까?"

히시누마가 묻자 세 사람이 입을 꾹 다물었다.

"지주막하출혈입니다."

형이 입을 열었다.

"원래 불면증 기미가 있긴 했지만 최근 몇 년 동안 심해
져서. 한동안 곡을 만들지 못해서 스트레스가 심했나 봅니
다."

형은 눈을 껌뻑거리며 말했다.

"잠이 안 온다고, 아침에 밭에 나갔다가 그대로 쓰러진
모양입니다."

세 사람이 무심코 뒤를 돌아보았다.

아마도 그쪽이 밭이 있는 방향이리라.

"하지만 이상하지요."

부인이 말했다.

"그 전날, 갑자기 저한테 달려와서 여보, 들려, 그러는
거예요. 그런 얼굴은 오랜만에 봤어요. 눈을 반짝거리면서
내 곡이 들려, 그러기에 어머나, 다행이네, 그랬더니 싱글
싱글 웃지 뭐예요."

별안간 목소리가 떨렸다.

가사와 그네

"선생님께, 이걸."

부인이 황급히 고개를 돌리며 들고 있던 토트백에서 봉투를 꺼냈다.

"선생님이 가져가주세요. 그게 가장 좋을 것 같아요."

히시누마는 멍하니 봉투를 받아 들었다.

내 곡이 들려.

그 순간의 겐지의 목소리가 들려오는 것만 같았다.

"……밭을 보고 싶네요."

"네?"

세 어른이 한목소리로 되물으며 히시누마를 보았다.

"오사나이가 보았던 홉밭을, 보고 싶습니다."

당연하지만 이 시기에 홉이 열려 있을 리 없었다.

열매는커녕 눈에 닿는 것은 전부 이랑, 이랑, 이랑.

황량한 토지가 펼쳐져 있다.

다만 이랑에는 가느다란 막대기가 가지런히 꽂혀 있었다.

히시누마는 망연했다.

"아무것도 없잖아. 이게 어디가 홉밭이야."

세 사람은 키득키득 웃었다.

"이제부터예요. 저 막대기 사이에 망사를 걸쳐두면 홉

이 그걸 타고 위로 쭉쭉 뻗어나가지요."

"흐음. 수세미 같은 느낌인가?"

"보기에는 그렇지요. 홉은 삼과 식물인데, 덩굴식물이
라 막대기를 휘감고 쭉쭉 퍼져나갑니다."

"그런가. 이게 녀석이 보던 풍경인가."

저편에서 세찬 바람이 불어왔다.

이랑에 꽂힌 막대기가 파르르 떨렸다.

바람은 여전히 차가웠지만 어딘가 아련하게 봄 내음이
났다.

히시누마는 그 냄새를 가슴 한가득 들이마셨다.

불현듯, 또다시 「봄과 수라」의 한 구절이 떠올랐다.

(진실한 언어는 여기에 없고
수라의 눈물은 땅을 적시네)

그렇구나, 너는 여기에 있구나. 여기 어딘가에서, 너의
소리를 듣고 있구나.

히시누마는 그런 생각을 했다.

그리고 도쿄로 돌아왔다.

바로 집으로 돌아갈 마음이 들지 않아 근처 놀이터로.

가사와 그네

담배가 맛깔스럽다.

히시누마는 가방에서 봉투를 꺼냈다.

속에는 한 장의 오선지가 들어 있었다.

눈에 익은 글씨.

〈홉 조곡 I 땅〉.

제목과 함께 단 아홉 소절의 곡이 적혀 있었다.

그의 손으로 그린, 멜로디가.

히시누마는 한동안 그 오선지를 바라보다가 이윽고 봉투에 도로 넣고 천천히 그네에서 일어섰다.

주변은 이미 캄캄하게 저물었다.

집에 도착하니 아내가 위로를 건네며 말했다.

"전화가 왔었어. 요시가에시에서."

"요시가에? 무슨 용건으로?"

"다시 전화하겠대."

그렇게 다시 걸려온 전화는 제6회 요시가에 국제 피아노 콩쿠르 과제곡 위촉 의뢰였다.

전화로 담당자의 목소리를 듣는 히시누마의 머릿속에는 이미 제목이 있었다.

〈봄과 수라〉.

그리고 악보를 쓰기 시작하는 자신의 모습도 보였다.

그렇다. 그것은 이렇게 적는 장면으로 시작된다.

—이 곡을, 두 사람의 겐지에게 바칩니다.

하프와
팬플루트

竪琴 と 葦笛

마사루 카를로스 레비 아나톨이 처음 그 방에 들어가
세 사람의 심사 위원을 퍼뜩 보았을 때 가장 먼저 눈에 들
어온 것은 맞은편 왼쪽에 앉아 있는, 어딘가 부루퉁한 태도
에 머리숱이 엄청난 남자였다.

그가 바로 너새니얼 실버버그임을 깨달은 것은 두 번째
곡의 연주를 마쳤을 때였다.

실제로 본 그가 텔레비전이나 사진보다 훨씬 젊고, 그
때 아직 어렸던 마사루가 이렇게 말하기는 그렇지만 거장
이라는 이미지와 달리 굉장히 섬세한 청년으로 보였기 때
문이다.

원래라면 정중앙에 앉아 있는 그야말로 '거장의 기운'

을 풍기며 의욕 넘치는 눈빛으로 이쪽을 쳐다보는 러시아인 교수를 주목해야 했는지도 모른다. 그쪽 역시 피아노과 핵심 교수인 안드레이 미하르콥스키였고, 척 보기에도 양쪽에 앉은 두 사람을 거느리고 '윗사람 티'를 잔뜩 내고 있었으므로.

덧붙이자면 그때 너새니얼 실버버그의 반대쪽에 누가 앉아 있었는지는 솔직히 기억이 흐릿했다. 온화해 보이는 남성이었던 것 같은데 어쩌면 여성이었을지도 모른다. 피아노 앞에 앉았을 때 그쪽 시야가 가려진 탓도 있다.

어쨌거나 처음 눈에 들어온 사람이 너새니얼 실버버그였으며, 다음이 안드레이 미하르콥스키였다는 것은 기억하고 있다.

줄리아드음악원 예비학교 오디션이었다.

당시 마사루는 미국에 온 지 얼마 되지 않은 중학생으로 아직 영어를 그리 유창하게 구사하지는 못했지만, 장래 음악대학에 갈지 일반대학에 갈지 망설이고 있던 터라 일단 일곱 살부터 열여덟 살까지 대상으로 하는 줄리아드 예비학교 오디션을 치러보기로 했던 것이다. 예비학교 수업은 일주일에 한 번뿐이라 학교 분위기를 파악해 장래를 고려하기에는 딱 알맞았다.

나중에야 실버버그나 미하르콥스키와 같은 거물급 교수가 예비학교 오디션에 심사하러 오는 것은 이례적이라는 말을 들었다. 사실 이미 프랑스에서 파리국립고등음악원을 졸업한 마사루가 신동이라는 소문을 듣고 호기심에 일부러 들으러 왔다는 것이었다.

일부러 들으러 왔다면 어째서 그때 너새니얼 실버버그는 그토록 부루퉁해 보였을까?

한참이나 지난 뒤에 문득 당시 기억을 떠올린 마사루가 너새니얼에게 그 이유를 물어보았다.

부루퉁했어? 내가?

너새니얼은 뜻밖이라는 표정을 지었다.

마사루는 고개를 크게 끄덕였다.

예. 어쩐지 굉장히 무서운 표정이었어요. 전 그래서 선생님이 가장 먼저 눈에 들어온걸요.

부루퉁했다라. 아아, 그런가.

너새니얼은 짐작 가는 바가 있는지 눈을 크게 떴다.

그때 나는 미하르콥스키가 불러서 따라갔어. 프랑스에서 신동이 왔으니 오디션을 들어보러 가자더군. 미하르콥스키는 당연히 너를 '뽑을' 작정이었고, 아아, 또 그의 '재능 수집'이 시작되었구나 싶었지.

마사루도 나중에 들은 소문이지만 미하르콥스키는 유

망한 학생이 자신을 '사사'하도록 만드는 게 취미였다.

물론 교사라면 누구나 유망한 학생을 키워보고 싶고 그 재능을 꽃피워주고 싶은 법이다. 하지만 미하르콥스키는 '대단히 유망한' 학생만 상대했고, 더군다나 혼자 품에 안고 '자기 색'으로 물들이는 타입이었다. 그게 잘 맞는 학생은 괜찮지만 그의 강한 개성에 짓눌려 무너지는 사람도 적지 않았다. 따라서 그에게 사사해 스타가 된 사람도 많았지만 사실 그렇지 않은 사람도 많았다.

그런 불길한 예감이 들었을 때 마사루가 들어온 것이다.

너새니얼은 어깨를 움츠렸다.

그뿐인가, 천사처럼 깜찍하고 순진무구한 분위기를 풍기는 신동인 거야. 그래서 한눈에 보고 와, 이거 끝났다, 미하르콥스키가 아주 좋아하는 타입인 데다가 하필 그에게 짓눌릴 타입이라고 생각했지. 더군다나 연주도 소문처럼 굉장히 훌륭했어. 미하르콥스키가 점점 집착하는 게 보여서 나도 점점 부루퉁해진 거지.

아하하하, 마사루는 저도 모르게 웃고 말았다.

너새니얼은 쓴웃음을 흘리며 손을 저었다.

지금은 네가 미하르콥스키에게 그리 순순히 망가질 그릇이 아닌 줄 알지만, 그때는 정말 진지하게 너의 장래를 우려했어.

고맙습니다, 마사루는 고개를 숙였다.

하지만 그렇다면 처음부터 선생님을 사사하게 해주면 좋았잖아요.

마사루가 불만스럽게 중얼거리자 너새니얼이 코를 긁적였다.

당시에는 아직 교사로서는 별로 자신이 없었어. 특히나 넌 재능이 뛰어나서 내가 키울 수 있을 것 같지 않았거든.

마사루에게는 뜻밖의 대답이었다.

흐음. 선생님도 그럴 때가 있었군요. 그럼 어째서 그런 조언을 해주셨나요?

당연히 마사루는 예비학교 오디션에 붙었고, 결국 예비학교 레슨은 미하르콥스키가 맡게 되었다.

마사루는 그때까지도 여러 선생님에게 배웠고 미하르콥스키 같은 타입의 교사도 경험한 적이 있었다.

그의 지도는 열정적이고 연주자의 감정을 자극해 감성적인 표현을 능숙하게 끌어낸다. 그런 한편으로 이론적으로 명확하게 곡의 이미지를 뒷받침해 설명할 줄도 알았으며 대단히 명석했다.

그렇구나, 프로 피아니스트, 그것도 이런 거장급 연주자가 보는 곡의 풍경은 이렇구나.

마사루는 그렇게 생각했고 콘서트 피아니스트라는 직업에 호기심도 생겼다.

　　하지만 어딘가 위화감을 느낀 것도 사실이었다.

　　대단히 명석한 탓에 곡의 이미지를 "이것뿐이다"라고 단정하는 미하르콥스키. '공격형' 피아노, 관객을 철저하게 압도하는 연주를 선호하는 미하르콥스키.

　　그런 그를 존경했고 자기 능력을 키워주는 것을 알면서도 도저히 그를 '스승'이라고 솔직하게 부를 수 없다는 사실도 알고 있었다.

　　뭘까, 이 위화감은?

　　어느 날 마사루는 레슨을 마치고 왠지 그대로 돌아가기가 내키지 않아 멍하니 학교 출입구 계단에 걸터앉아 행인들을 바라보고 있었다.

　　날은 이미 저물기 시작해 하늘빛이 점점 짙어졌다. 기온은 내려갈 기미가 없어 후덥지근했다.

　　멀리서 울려 퍼지는 경적 소리, 멀어져가는 사이렌.

　　미국은 거리 분위기도 소리도 프랑스하곤 영 딴판이네.

　　마사루는 그 차이를 언어로 표현해보려 했다.

　　어렴풋이 긴박하고 성급하며 에너지로 가득한……

　　"집에 안 가니?"

　　갑작스레 머리 위에서 들려오는 소리에 마사루는 깜짝

놀랐다.

고개를 드니 너새니얼 실버버그가 그를 굽어보고 있었다. 재킷을 벗어 어깨에 걸친 편안한 모습이다.

"아, 선생님. 안녕하세요."

너새니얼은 일어서려는 마사루를 말리더니 그 옆에 앉았다.

"오늘은 덥네."

너새니얼은 자기와 마찬가지로 재킷을 벗어 어깨에 걸치고 있는 행인들을 보며 중얼거렸다.

"그러게요."

마사루도 행인들을 바라보았다.

두 사람은 한동안 평범한 이야기를 나누었다. 물론 거의 마사루 혼자 떠들었다. 평소 학교생활, 가족 이야기, 파리와의 차이점, 미국에 대한 감상 등등.

흐음, 허어, 하고 너새니얼은 연신 고개를 끄덕이면서 느긋하게 귀를 기울여주었다.

정신을 차리고 보니 마사루는 열중해서 온갖 이야기를 그에게 털어놓고 있었다.

그리고 미하르콥스키와는 사생활에 관해서는 거의 아무 이야기도 나누지 않았다는 사실을 깨달았다.

"이제부터 친구 라이브를 보러 갈 건데 함께 가겠니?"

제법 오랫동안 떠들고 겨우 한숨 돌렸을 때 너새니얼이 그런 제안을 했다.

"네? 괜찮으세요?"

"물론. 내가 부모님께 말씀드리마."

너새니얼은 마사루가 어머니에게 전화하자 휴대전화를 건네받아 정중하게 "아드님은 제가 책임지고 댁까지 데려다주겠습니다"라고 말해주었다.

마사루는 기뻤다.

무려 너새니얼이 동행을 권하다니. 게다가 어머니에게 저렇게 정중하게 양해까지 구하다니.

"좋아, 가자."

너새니얼이 먼저 일어서서 앞장섰다.

마사루는 두근두근 설렜다.

콘서트는 오랜만이다. 무슨 콘서트일까? 피아노? 오케스트라? 장소는? 링컨센터? 카네기홀?

"그래. 배 좀 채울까?"

너새니얼은 길거리 베이글 샌드위치 가게 앞에서 걸음을 멈추었다.

둘이서 쇼케이스를 들여다보았다.

"뭐가 좋니?"

"훈제 연어 크림치즈요."

하프와 팬플루트

"오케이. 훈제 연어 크림치즈 두 개."

베이글 샌드위치를 우물거리며 터덜터덜 나란히 걷는 것은 신기한 기분이었다.

설마 마에스트로와 베이글 샌드위치를 먹으며 걷다니.

"윽."

갑자기 너새니얼이 걸음을 멈추었다.

"왜 그러세요?"

시선을 돌리자 너새니얼이 얼어붙은 표정으로 먹던 베이글 샌드위치를 쳐다보고 있었다.

"케이퍼가 들어 있었어."

"못 드세요?"

"질색이야. 젠장, 겉에서는 안 보였는데. 어째서 훈제 연어에 케이퍼를 넣는 거야. 당장 전 세계에서 폐지해야 할 습관 중 하나야."

진심으로 화를 내는 너새니얼을 보고 마사루는 그만 웃음을 터뜨리고 말았다.

어린애 같다.

"아, 또 있네."

너새니얼은 진저리를 치며 남은 샌드위치에서 케이퍼를 골라냈다.

마사루는 키득키득 웃으면서도 너새니얼에게 친근감을

느꼈다.

왠지 귀여운 사람이네.

겨우 케이퍼에 대한 분노를 가라앉힌 너새니얼은 큰길을 벗어나 한 골목 안으로 들어갔다.

어? 어디로 가는 거지?

마사루가 걸음을 멈추고 눈을 껌뻑거리자 너새니얼이 눈짓으로 저쪽이라고 말했다.

"저기요?"

빌딩 한 모퉁이에 자리 잡은 문 위에서 반짝거리는 자그마한 붉은색 네온사인.

마사루는 조심스레 너새니얼의 뒤를 따라갔다.

입구 앞까지 가서야 라이브하우스라는 것을 알았다.

문 옆 간판에 출연자 이름이 있다.

가게 이름 옆에 'JAZZ CLUB'이라는 글자.

재즈?

어리둥절한 마사루를 남겨둔 채 너새니얼은 냉큼 문을 열고 지하로 이어진 계단을 내려갔다.

너새니얼을 따라 계단을 내려가자 그곳은 마사루가 알고 있던 것과는 완전히 다른 음악의 세계였다.

이것이 재즈 클럽이라는 곳인가?

하프와 팬플루트

입구에서 발걸음이 떨어지지 않았다.

어른의 세계. 조금 위험해 보이는, 밤의 세계.

점점 가슴이 두근거린다.

어둡다. 좁다. 북적북적하다.

열 개쯤 되는 테이블석은 3분의 2가 차 있었다. 플로어 구석 카운터 앞에서 서서 마시며 담소를 나누는 손님들. 편안하면서도 기대로 가득 찬 분위기.

정면 안쪽이 무대인 것 같았는데 바닥을 올리지 않아 관객과 같은 높이에서 플로어를 공유하고 있다.

벽에 그려진 가게 로고가 아스라한 빛을 반사하고 있었다.

그랜드피아노와 드럼 세트. 커다란 콘트라베이스가 의자에 기대여 있다. 손님과 세팅된 악기 사이에 몇 개의 마이크가 세워져 있었다.

마사루가 두리번거리는 사이에 벌써 두 사람 몫의 요금을 냈는지 "이쪽이야"라고 부르는 너새니얼을 따라 뒤편 벽쪽 테이블에 앉았다.

"잠깐 앉아 있어." 너새니얼은 카운터로 가더니 흑맥주와 진저에일이 든 글라스를 들고 돌아왔다.

가볍게 건배했을 때 마사루는 너새니얼의 글라스에 박힌 로고를 보았다.

물기가 맺힌 글라스 표면에 떠오른 곡선 마크.

"이거, 악기죠? 하프?"

"아이리시 하프야."

"오케스트라에서 보는 하프처럼 크지 않죠?"

그러고 보니 너새니얼 실버버그는 영국인이지만 아일랜드 피도 섞여 있다고 들었다.

"흐음. 선생님은 하프 나라 사람이네요."

별 뜻 없이 중얼거린 마사루의 말에 너새니얼이 허를 찔린 표정을 지었다.

눈을 빙글 굴린다.

"오호라. 그렇게 따지자면 마사루는……."

너새니얼은 입을 벌린 채로 잠시 생각하다가 천천히 중얼거렸다.

"왠지 프랑스는 목관악기 같은 이미지가 있어. 너는 특히 팬플루트가 어울릴 것 같구나."

팬플루트.

불어본 적은 없지만 그 음색은 들어본 적이 있다. 독특하고 부드러운 음색이 어딘가 향수를 불러일으켰던 것을 기억한다.

"그런가요?"

"그래. 숲에서 님프와 노닐며 팬플루트를 부는 거야."

하프와 팬플루트

"으음."

대체 어떤 이미지란 거지?

갑자기 플로어 한쪽이 밝아지더니 박수 소리가 터져 나왔다.

입구에서 두 명의 흑인 남성이 들어와 드럼과 피아노 앞에 앉았다.

이어서 악기를 든 백인 남성들이 줄줄이 들어온다. 트럼펫, 트롬본, 테너 색소폰.

테이블 사이를 지나 각자의 자리에 선다.

마지막으로 덩치 큰 백인 남성이 들어와 싱글거리며 손을 흔들고 콘트라베이스를 잡았다.

그가 바로 작게 카운트를 하는가 싶더니 별안간 연주가 시작되었다.

와!

마사루는 그 소리에 압도되었다.

한 번도 경험해보지 못한 음악.

격정과 시정詩情, 충동과 이지, 살기와 세련미.

소리의 알갱이가 그야말로 빗발치듯 날아와 물리적인 '압력'을 느꼈다. 거기에 물체로서의 소리가 있다. 샘솟는다. 부딪쳐온다. 이를 드러내고 달려든다.

여섯 명이 저마다 주장하고, 엉키고, 조화를 이루었다가 헤어지고, 다투며, 질주한다.

솔로 응수가 시작되었다.

글자 그대로 배틀, 진검승부다.

연주자의 정신이, 음악이, 아무런 여과 없이 관객들의 얼굴을 때린다.

따갑다. 소름이 돋는다.

마사루는 온몸이 귀가 되어버린 기분이었다. 전신으로, 모든 피부로, 소리를 듣고 있다. 뒤집어쓰고 있다. 빨아들이고 있다.

어떻게든 따라가보려고, 해석해보려고, 곱씹으려고 해보았지만 도저히 따라갈 수가 없다. 그저 꿀꺽 머금고, 집어삼키고, 온몸 구석구석까지 쿵쿵 메아리치는 소리를 느낄 뿐.

연달아 흘러들어오는 다양한 프레이즈가 마사루의 안에서 소용돌이치고, 거품을 내며, 커다란 물보라를 일으켰다.

60분 정도 되는 라이브가 끝나고 연주자들이 물러나는 동안에도 마사루는 그 충격에서 좀처럼 깨어나지 못했다.

소리가, 프레이즈가, 그들의 표정이, 자꾸만 되살아나서 너새니얼이 부르는 소리도 듣지 못했을 정도다.

하프와 팬플루트

시선을 돌리자 그 덩치 큰 콘트라베이스 연주자가 너새니얼 곁으로 다가와 담소를 나누고 있었다. 너새니얼의 말에 따르면 그는 뉴욕 필하모닉 콘트라베이스 연주자인데, 자기가 만든 밴드를 이끌고 재즈 연주가로도 활동하고 있다고 했다.

마사루는 멍한 표정으로 콘트라베이스 연주자를 올려다보았다.

모든 연주자가 훌륭했지만 밴드를 결성하고 이끄는 것은 이 콘트라베이스 연주자였다. 음악의 발판을 다지고 상상력 넘치는 베이스 라인으로 끌어당겨 '세계'를 만들어내는 것은 바로 그였다.

그런 그가 싱글거리며 너새니얼과 담소를 나누고 있다.

아아, 음악의 세계에는 이렇게 굉장한 사람이 많구나. 이 사람도, 너새니얼도 같은 쪽에 있다. 머나먼 저편, 음악의 나라에.

두 사람의 옆얼굴이, 그 윤곽이 조명 속에서 빛나고 있다.

가고 싶다. 저 나라로. 이 사람들과 같은 곳에 서고 싶다. 저렇게 서로 웃으며 어깨를 두드리며 농담을 주고받고 싶다…….

숨이 닿을 만큼 가까이 있는데 두 사람이 있는 곳은 아득하게 먼 곳이다. 스포트라이트 속, 찬란한 음악의 나라.

가고 싶다, 나도 저곳에 가고 싶다.

마사루는 그렇게 열망했다.

콘트라베이스 연주자는 너새니얼 곁을 떠날 때 마사루를 쳐다보고 싱긋 웃었다.

"어이, 설마 숨겨둔 아들은 아니겠지?"

장난스레 속닥거린다.

그러자 너새니얼이 진지한 표정으로 대답했다.

"얘는 스타야."

콘트라베이스 연주자는 잠시 어리둥절하게 너새니얼과 마사루의 얼굴을 번갈아 보았지만 이윽고 손을 흔들며 떠났다.

어리둥절한 것은 마사루도 마찬가지였다.

"?" 마사루가 너새니얼을 쳐다보자 너새니얼은 다시 한 번 말했다.

"너는 스타야."

마사루는 어안이 벙벙해 눈을 껌뻑거렸다.

스타? 내가?

너새니얼은 문득 생각에 잠긴 표정으로 말했다.

"네 음악은 커. 내포하는 것도 굉장히 크고, 예상 밖으로 복잡하고 다면적이야."

하프와 팬플루트

뭔가 떠오른 듯 고개를 들더니 목소리를 쥐어짜듯이 낮게 신음했다.

"음, 너는 다른 악기도 해보는 게 좋지 않을까? 건반악기가 아닌 걸 몇 가지."

"다른 악기를요?"

마사루는 다시 눈을 껌뻑거렸다.

"그래. 사람에 따라서는 피아노에 전념하길 권하기도 하고, 그편이 나은 사람도 있어. 하지만 네 경우는 다양하게 해봐도 분명 도움이 될 테고 혼란스러워하지도 않을 거야."

너새니얼은 팔짱을 꼈다.

"……그래, 그래서 나는 오늘 너를 여기로 데려오려고 했던 걸지도 모르겠군."

마사루는 혼잣말처럼 중얼거리는 너새니얼을 기묘한 심경으로 바라보았다. 몹시도 진지하고 긴장된 그 얼굴을.

뭔가 굉장히 중요한 이야기를 들은 것 같았다.

그리고 이 사람이 마사루를 잘 이해하고 있고 굉장히 소중하게 여긴다는 것을 직감했다.

설마 네가 정말 내 말대로 다른 악기를 시작할 줄은 몰랐어.

너새니얼은 요란하게 고개를 움츠렸다.

너무해요, 그때 선생님이 그렇게 진지한 표정으로 말해서 저도 그럴 마음이 든 거라고요.

마사루는 불만스러운 표정이다.

그래?

너새니얼은 마사루가 좋아하는 쑥스러운 표정으로 코를 긁적였다.

하지만 굉장히 재미있었어요. 줄리아드에는 다양한 악기의 프로가 있었고 다들 기꺼이 가르쳐주었죠.

그 결과 마사루가 선택한 것은 트롬본이었다. 드럼을 할까 고민하다가 한동안 둘 다 했지만 결국 트롬본 하나로 정했다.

마사루가 트롬본 레슨을 받는다는 사실은 미하르콥스키에게는 비밀로 했지만 어디선가 그의 귀에 들어갔던 모양이다.

어느 날 레슨을 받으러 가자 미하르콥스키가 매섭게 야단쳤다. 어찌나 격노하던지 지병인 심장 발작을 일으키지 않을까 걱정했을 정도였다.

트롬본이라고? 무슨 생각인 게냐!

피아노에 전념해, 귀한 재능을 낭비하지 마! 어중간하

게 다른 악기를 만지면 혼란만 초래한다는 걸 모르는 거냐!

예상했던 반응과 너무 똑같아서 오히려 마사루는 어이가 없어 웃음을 터뜨릴 뻔했다. 마사루를 두고 "분명 도움이 될 테고 혼란스러워하지도 않을" 학생이라던 너새니얼의 말을 완벽하게 부정당하고 말았다.

죄송합니다.

마사루는 얌전히 고개를 숙였다. 그러지 않으면 화가 풀리지 않으리라 생각했기 때문이다.

하지만 고개를 숙이면서도 내심 냉정하게 생각하고 있었다.

어쩌나. 이대로 이 선생님을 따라가도 되는 걸까?

마사루는 그가 처한 상황과, 그의 소망과, 그의 장래를 시뮬레이션했다.

나의 직감으로는 내 음악은 너새니얼 실버버그가 지적해준 타입이 맞는다. 나는 피아노에 '전념'하기보다 다방면으로 시험해보고 다른 장르를 경험해야 성장하는 타입이고 실제로 굉장히 즐겁고 충실했다. 그런 것들이 커다란 성과가 되어 피아노로 돌아오고 있는 것도 안다.

하지만. 마사루 쪽에서 미하르콥스키와 갈라서는 것은 앞일을 생각하면 결코 능사가 아니다.

선생을 바꾸는 것은 마사루가 관찰한 바로는 결코 쉬운 일이 아니었다. 줄리아드의 핵심 교수를 학생이 거절한다면 선생들이나 학교로부터 평판이 나빠진다.

또 한 가지, 걱정거리가 있었다.

미하르콥스키는 '재능 수집가'인 동시에 '최연소' 수집가이기도 하다는 사실이다.

미하르콥스키는 마사루를 콩쿠르에 내보내고 싶어 했다. 큰 규모의 콩쿠르에 그를 내보내 '최연소 입상', 운 좋으면 '최연소 우승'이라는 타이틀을 따내길 바라고 있었던 것이다.

실제로 마사루에게는 그만한 실력이 있어 줄리아드 쪽에서도 적극적이었다.

하지만 마사루는 아직 마음의 준비가 되어 있지 않았다. 일단 콩쿠르라는 시스템에 휩쓸리면 그 시스템에서 좀처럼 '내려오기' 어렵다는 사실도 알고 있었다.

정말이지, 처음부터 선생님이 저를 맡아주셨으면 그렇게 고민할 필요도 없었는데.

마사루는 원망스레 너새니얼을 쳐다보았다.

너새니얼은 쓴웃음을 지었다.

뭐, 결과적으로 이리 되었으니 그만 됐잖아. 하지만 갑자기 네가 그런 부탁을 할 줄은 몰랐고, 무슨 속셈이었는지 그때는 전혀 몰랐어.

　미국 최대 규모의 유명 콩쿠르가 다가오고 있었다.

　경쟁자 수가 막대해서 일단 참가자를 추리는 예비심사일을 앞두고 마사루는 태연한 얼굴로 착실하게 준비했다.

　예비심사가 2주 뒤로 다가왔을 때 마사루는 너새니얼을 붙잡고 부탁했다.

　너새니얼이 재즈 라이브에 데려간 뒤로 두 사람은 마주치면 대화를 나누는 사이가 되었다.

　마사루는 처량하게 불안한 표정으로 너새니얼에게 애원했다.

　콩쿠르 예비심사가 두려워서, 긴장 때문에 잠이 안 와요. 어쨌거나 이렇게 큰 콩쿠르에 나가는 건 처음이라. 전 사실 굉장히 긴장하는 타입이라. 사람 수가 적으면 괜찮은데 사람들이 많은 곳은 불편해요. 전날이 걱정이에요. 긴장해서 나쁜 생각만 하다가 지쳐버릴 것 같아요. 선생님, 괜찮으시면 저를 도와주시겠어요? 여기저기 함께 돌아다녀서 몸을 지치게 해서 아무 생각도 하지 않고 푹 잠들었다가 이튿날 심사를 맞이하고 싶어요.

　마사루의 눈물 어린 호소를 너새니얼은 흔쾌히 받아들였다.

마침 우연히 그날은 비어 있구나. 그럼 뉴욕 관광이나 할까?

(사실 예비심사 전날 그의 일정이 비어 있다는 사실을 마사루는 온갖 수단을 써서 미리 파악해두었다.)

그리고 그날 두 사람은 콩쿠르를 잊으려고 관광에 전념했다.

너새니얼은 몰랐다.

마사루가 일부러 얇게 차려입고, 일부러 야외를 여기저기 돌아다녔다는 사실을. 일부러 차가운 음료만 마시고, 들떠서 큰 소리로 떠들며, 오히려 그가 너새니얼을 '끌고 다녔다는' 사실을.

사실 약간 의아하기는 했다.

그렇지만 단순히 예비심사가 두려워서 집에 돌아가기 싫어한다고 생각했던 것이다.

하지만 결과적으로 예비심사 당일 아침.

마사루는 배탈과 고열을 앓았고 목소리는 갈라졌으며 일어나지도 못했다(어머니가 미하르콥스키에게 그렇게 전했다).

예비심사는 당연히 불가능했다.

미하르콥스키는 놀랐고, 탄식했고, 격노했다.

하프와 팬플루트

대체 어제 뭘 한 거냐! 긴장해서 추운 뉴욕 시내를 싸돌아다녔어? 설마, 그런 나약하고 경솔한 학생이었을 줄은! 더군다나 너새니얼 실버버그가 같이 있었다고?

당연히 예비심사에는 가지 못했다.

그 사실을 안 너새니얼 실버버그는 아연실색했다. 마사루에게도, 마사루의 부모님에게도, 미하르콥스키에게도 거듭 사과했다.

갑작스러운 예비심사 불참은 마사루에 대한 미하르콥스키의 수집욕을 떨어뜨리고도 남을 정도로 효과적이었다.

미하르콥스키는 다른 악기에 손을 댄 것도 예비심사 전날 달아난 것도 마사루의 나약함이 초래한 결과이며 자기가 기대한 타입이 아니었다고 생각하게 되었다. 마사루는 결코 그가 믿었던 그런 학생이 아니라 과대평가한 것일지도 모른다고.

고맙게도 미하르콥스키는 그 무렵 이미 다음 '재능'을 찾아냈다. 캄보디아 난민을 조부모로 둔 열두 살 천재 소녀였다.

미하르콥스키는 마사루를 너새니얼 실버버그에게 떠넘기기로 했다.

너새니얼도 예비심사에 불참하게 만든 '책임'을 지고

기꺼이 마사루를 맡았다.

　정말이지, 걱정한 게 아까워. 보면 볼수록 너는 고작 미하르콥스키에게 짓눌릴 그릇이 아니었는데.

　재즈 클럽에 가는 길에 너새니얼은 고개를 절레절레 저었다.

　결국 모든 게 네 계획대로 되었으니, 너는 정말 대단한 전략가야.

　여기요, 드세요, 선생님.

　마사루는 얼른 달려가서 사 온 베이글 샌드위치 한쪽을 너새니얼에게 건넸다.

　고맙다.

　그렇게 말하며 너새니얼은 무심코 한 입 베어 물었다가 "윽" 하고 얼어붙었다.

　훈제 연어 크림치즈 베이글 샌드위치.

　부루퉁하게 베이글을 굽어보는 너새니얼.

　앗, 죄송해요, 실수했어요.

　마사루는 허둥지둥 자기 것과 바꾸었다.

　선생님 건 이쪽이에요. 케이퍼 없는 쪽.

　기억해주다니 다행이구나.

　너새니얼은 안도한 표정으로 베이글을 베어 물었다.

하프와 팬플루트

기억하다마다요.

마사루도 한 입 베어 물었다.

서두르자, 곧 리허설 시간이야.

마사루는 트롬본 케이스를 메고 있다. 오늘은 출연자로 그 재즈 클럽에 가는 길이다.

비슷한 키의 두 사람은 뉴욕의 골목으로 총총히 사라져 갔다.

은방울꽃과
계단

鈴 蘭 と 階 段

슬슬 정해야 하는데.

가나데는 어스름이 깔려오는 창밖을 올려다보았다.

주방 테이블 위에는 사발과 광주리가 있고, 가나데는 요즘 좋아하는 영국 걸스 밴드 음악을 들으며 콩나물 수염 뿌리를 다듬고 있었다.

나중에 안 사실이지만 이 걸스 밴드의 리드보컬이 너새니얼 실버버그의 딸이라는 모양이다.

다이앤 빈트레이라는 이름이라 몰랐는데 조사해보니 모친의 성이었다. 얼굴은 아버지를 전혀 닮지 않았다. 아마 어머니를 닮았으리라. 곡도 거의 그녀의 작품으로 기타도 친다고 한다. 어느 곡이나 심금을 울리는 매력이 있어 "앗"

하고 귀를 기울이게 된다. 역시 음악 재능은 유전되는 모양이다.

곡이 끝났다.

가나데는 작은 한숨을 쉬며 이번에는 자기의 연주 녹음을 다시 들었다.

팝 음악으로 기분을 전환하고 새로운 기분으로 다시 들어볼 작정이었는데, 요즘 하도 많이 들어서 역시나 귀가 익숙해졌는지 신선한 기분으로 들을 수 없었다.

으음, 안 되겠어.

가나데는 재생을 멈췄다.

요 몇 주 동안, 아니, 훨씬 전부터, 아마도 비올라로 전향하려고 했을 때부터 줄곧 우려하던 과제.

바로 악기 선택이다.

비올라로 완전히 전향한 지 1년 반이 다 되어가는데 아직도 가나데는 자기의 '반려'라 할 수 있는 비올라를 정하지 못하고 있다.

지금은 선생님이 갖고 있는 몇 개의 비올라 중 하나를 빌려서 켜고 있지만 아무래도 빌린 악기는 어색하다.

슬슬 결정하려고 지난 한 달 가까이 선생님의 연줄로 악기점에서 역시 몇 개를 골라 빌려 와서 비교해가며 연주해보고 있는데 고민만 커지고 결정을 못 내리고 있는 게 사실이었다.

스트라디바리나 과르네리처럼 엄청나게 비싼 악기만 주목을 받고, 비싸면 비쌀수록 좋다는 게 세상 사람들의 생각이지만 악기란 그렇게 단순하지 않다.

분명 명기라 불리는 악기는 존재하고 연주해보면 굉장히 실력이 좋아진 것처럼 느껴지는 훌륭한 악기가 실제로 있다. 하지만 그것은 과거에 훌륭한 연주가가 다루었기 때문에 그렇게 발전한 부분도 있고, 악기란 사용하는 사람의 영향을 많이 받는다. 요컨대 훌륭한 연주자가 오랫동안 켰기 때문에 명기가 되었다고도 할 수 있다.

전에 본 파리 오페라 극장 발레단 다큐멘터리에 외부에서 새로 초빙한 젊은 안무가에게 예술 감독이 신신당부하는 장면이 있었다.

우리 에투알은 차로 비유하면 F1 머신처럼 대단한 아이들이니 공공 도로를 태평하게 달리는 안무는 삼가주게.

악기와 같다고 생각했다. 그렇다, 명기도 F1 머신, 나름대로 기술을 가진 드라이버가 타지 않으면 제대로 몰지도 못하는 것이다.

궁합 문제도 있다.

특히 비올라의 경우 명확하게 정해진 크기가 없어 '놀랍도록 큰' 악기도 있거니와 바이올린만큼 자그마한 악기도 있다. 팔 길이나 체형에 따라 저마다 딱 맞는 사이즈가 다르고 그리 비싸지 않은 악기라도 굉장히 잘 울리기도 한다. 그런가 하면 반대의 경우도 있어 가격과 성능이 반드시 비례하지는 않는다.

그렇게 생각하면 가능성은 무한해서 고민은 자꾸 커진다. 이 세상의 모든 악기를 시험해보고 싶지만 그런 건 불가능한 일이다. 어딘가에 자기와 궁합이 좋은 마법의 한 대가 있지 않을까, 그렇게 생각하기 시작하니 언제까지고 결정할 수가 없었다.

활도 문제다. 이 역시 천차만별이고 성격도 가지각색인데다가 활과 악기의 궁합도 있다.

가나데는 끝까지 파고드는 타입이라 이 세상에는 시험해볼 수 없는 조합이 압도적으로 많다는 생각만으로도 패닉을 일으킬 것 같았다. 그래서 일단 악기에 집중하려고 고개를 저었다.

일어나서 냉장고에서 얼려둔 삼겹살을 꺼냈다. 지금 꺼내놓으면 먹을 때쯤 딱 알맞을 것이다.

오늘은 아버지도 어머니도 외출하고 가나데뿐이다.

음대 학장인 아버지는 거의 집에 없고 성악 교수인 어머니 또한 바삐 돌아다니고 있다. 어렸을 때는 통근 가정부가 있어 저녁 식사를 챙겨주었다. 대개 언니와 가나데 둘만의 식사였다. 그런 언니도 3년 전부터 이탈리아에 유학 중이다.

요리를 좋아하는 가나데는 중학교 입학 때부터 가정부를 도왔고 지금은 가족의 저녁도 거의 그녀가 만들고 있다.

요리는 음악과 비슷하다.

'사라지는 것'이라는 점, 한 번뿐인 인연이라는 점, 오감에 호소한다는 점……

오늘은 혼자고 싸늘한 늦봄이라 콩나물과 삼겹살로 전골을 만들 생각이었다. 무척 단순한 요리인데 지금까지 몇 번을 만들어도 영 '이거다' 싶은 맛이 나지 않는다. 사용하는 김치 문제일까, 육수 문제일까? 오늘은 '맛간장'을 여러 종류 만들어서 전골 맛을 완성시키겠다고 남몰래 투지를 불태우고 있었다.

김치도 세 종류, 육수도 세 가지를 준비했다.

작은 냄비도 세 개 준비했으니 맛을 비교해볼 준비는 완벽하다. 김치와 육수 조합도 시험해보고 싶으니 세 번으로 나눠서 전부 아홉 종류의 맛을 볼 예정이다.

가나데는 다시 한번 자기 연주를 재생했다. "비올라 1" "비올라 2" "비올라 3"이라고 말하는 녹음 목소리도 지겹도록 들었지만 어떻게든 처음 듣는 기분으로 귀를 기울였다.

사실 선생님에게 빌린 악기는 상당히 궁합이 좋았다.

선생님도 그렇게 생각했는지 네게는 꽤 잘 맞는구나, 묘하게 처음부터 '너의' 소리가 났어, 마음에 들면 양보해줄게 (즉 팔아줄게), 라고 말했다.

그렇다, '비올라 1'은 가나데와 성격이 비슷했다.

처음 연주했을 때부터 착 감기는 맛이 있었다. 벌써 오랫동안 함께한 것처럼 뭐랄까, '동질성' 같은 감각을 느꼈다.

악기점에서 빌린 '비올라 2'. 이쪽은 너무 잘 울려서 거북하다. 음색이 화려해 무심코 감정에 휩쓸리고 마는 면이 있다. 지금 이렇다면 앞으로 길을 들이면 점점 더 화려한 음색이 될 것이 예상되어서 가나데는 어쩐지 경박하고 속 없다는 인상을 받았다. 앞으로 제어하지 못하리라는 예감이 들었다.

마찬가지로 악기점에서 빌린 '비올라 3'. 이쪽은 2와는 반대로 데면데면했다. 비올라다운 소리라는 점에서는 가장 뛰어날지도 모른다. 그렇게 묵직한 음색이지만 켜고 있으면 진짜로 '빌린' 악기라는 느낌이 든다. 심오하고 잠재력이 있어 어쩌면 훗날 가장 좋은 악기가 되지 않을까 하는 예감은 있다. 하지만 과연 지금 고개 돌려 외면하는 이 악기가 그녀를 돌아보게 만들 수 있을까, 돌아보았을 때 과연 미소를 지어줄까, 그렇게 생각하면 자신이 없었다. 어쩌면 내가 아니라 A 씨처럼 다른 사람이라면, 그런 생각을 한다는 건 역시 맞지 않다는 뜻이리라.

그렇다면 역시 '비올라 1'인가? 이미 어느 정도 길을 들인 선생님이 '너의' 소리가 난다고 한 악기로 정해야 할까?

"으음."

가나데는 끙끙거리며 자기 연주의 재생을 멈추었다.

도저히 가만히 있을 수가 없어 2층 방에 둔 악기를 가지러 갔다.

가나데는 세 개의 비올라 케이스를 계단참에 내려놓고 다급하게 악기를 꺼내 계단에 걸터앉아 '비올라 2'부터 켜기 시작했다.

부모님 둘 다 학생들을 가르치는 덕분에 지하에 방음이 되는 훌륭한 레슨실이 두 개나 있는데도 가나데는 굳이 이 계단에 걸터앉아 연주하길 즐겼다.

그것도 계단참에서 세 단 내려간 곳, 항상 정해진 장소가 있었다.

재미있게도 성악을 하는 언니 역시 그랬다. 언니의 경우 계단참에 발이 닿도록, 계단참에서 두 단 올라간 곳에 걸터앉거나 계단참에 서서 노래하곤 했다.

위로 소리가 빠져나가는 계단참 근처라는 장소가 주는 해방감 때문인지, 활기 없는 방음실보다 진짜에 가까운 자연스러운 소리가 나기 때문인지.

가나데는 이 계단에서 연주하는 음색이 '진짜 소리'에 가깝다고 생각했다. 레슨실에서는 아무래도 '꾸민 소리'가 된다.

물론 연주가를 목표로 한다면 항상 관객에게 들려주기 위한 '꾸민 소리'를 내야겠지만 아직 아마추어인 가나데는 이따금 이렇게 자기의 '진짜 소리'를 확인하고 자신과 대화하는 시간의 필요성을 느꼈다.

이어서 '비올라 3'을 켜고(역시 죽이 맞지 않는다) 마지막으로 '비올라 1'.

착 감기는 소리. 악기가 가진 체온과 자신의 체온이 일치하는 느낌.

이게 맞을지도 모른다.

그런 생각이 들었다.

이대로 순순히, 비올라 연주자로서 처음 손에 든 이 악기와 함께 살아가는 것이 내게 어울릴지도 모른다.

문득 계단 밑 현관 신발장 위에 있는 은방울꽃 바구니가 눈에 들어왔다.

하얗고 가련한 꽃.

지금은 홋카이도에 사는 어머니의 학생이 매년 보내주는 꽃이다. 은방울꽃은 초여름 꽃이니 분명 말물이리라. 그야말로 '청초'하다는 표현이 잘 어울리는 얌전한 꽃이다. 은방울꽃을 볼 때마다 어째선지 가나데는 자기 같다고 생각했다.

그때 휴대전화 벨이 울렸다. 문자가 아니라 전화 수신음.

가나데는 허둥지둥 주방으로 돌아갔다.

에이덴 아야.

아야?

가나데는 잠시 어리둥절해하며 그 이름을 보았다.

얘는 지금 유럽에 있을 텐데?

요시가에 국제 피아노 콩쿠르에서 2위를 거머쥔 뒤 그녀는 파리국립고등음악원에 유학했다.

미국 줄리아드음악원과 모스크바음악원에서도 손짓했다니 대단히 호사스러운 이야기지만 가나데는 아야가 파리를 선택한 것은 가자마 진 때문이라고 짐작하고 있다.

파리라면 시차는 일곱 시간. 저쪽은 아직 아침인가?

휴대전화를 들었다.

"여보세요, 무슨 일이야, 아야?"

"얘, 가나데, 아직 비올라 찾고 있어?"

다짜고짜 인사도 없이, 굳이 따진다면 곤혹스러워하는 듯한 아야의 목소리를 듣고 가나데는 순간 잘못 들었나 싶어 귀를 의심했다.

"뭐? 너 어딘데?"

"프라하. 가자마 진도 같이 있어."

"가자마 군도?"

"가나데! 잘 지내?"

바로 옆에서 가자마 진이 태평하게 소리를 질러서 가나데는 무심코 휴대전화에서 귀를 뗐다.

"지금 파베르 선생님 댁이야. 선생님 댁 굉장해! 비단잉어를 키워!"

그게 중요한 게 아니잖아, 라는 아야의 목소리가 들렸다. 아, 그런가, 하고 대꾸하는 가자마 진의 목소리.

또 바로 옆에서 가자마 진이 외쳤다.

"선생님이 가나데에게 비올라를 넘기겠대!"

"파베르 선생님이 누군데? 어째서 그런 곳에 있어?"

가나데는 점점 더 혼란스러웠다.

"미안, 미안, 깜짝 놀랐지?"

아야가 쓴웃음 어린 목소리로 말했다. 아무래도 가자마 진에게서 휴대전화를 멀리 떼어낸 모양이다.

아야가 목소리를 낮추었다.

"있지, 조금 묘한 이야기인데."

확실히 묘한 이야기였다.

가자마 진은 요시가에 국제 피아노 콩쿠르 입상자 투어에서 많은 팬을 얻었는지, 의뢰가 쇄도해 학교 방학을 이용해서 콘서트 활동을 시작했다. 물론 그렇게 커다란 공연장이 아니라 라이브하우스라고 부르는 편이 나은 곳이나 교회처럼 작은 회장이 대부분이라고 한다. 아야는 때때로 그의 연주에 게스트(아야는 "솔직히 나는 함께 입상자 투어를 다녔을 뿐인 결다리야. 가자마 진의 인기가 대단해. 광적인 팬이 있달까"라고 말했다)로 따라가서 듀오로 나서고 있다고 한다.

이번에 프라하에서 듀오 콘서트 의뢰가 들어와서 두 사람은 파리 밖으로 나왔다.

가자마 진이라는 소년은 뿌리부터 나그네랄까, 부평초 타입이랄까, 어디를 가나 침낭을 들고 누군가의 집에 기어들어간다. 그렇지 않아도 유지 폰 호프만을 통해 유럽 음악계에는 아는 사람이 많아서, 뱃사람들만큼은 아니지만 여기저기에 재워줄 사람이 있다는 모양이다(그것도 꽤 대단한 사람이 많아서 이름을 듣고 지레 겁먹는 일도 많았다).

이번에는 콘서트가 끝나고 면식이 있는 체코 필하모닉

비올라 주자의 집을 찾아갔다고 한다(아야는 물론 호텔을 잡았다).

그 파베르 씨가 오후부터 일하러 나간다고 해서 아야는 아침 일찍 가자마 진을 데리러 갔다. 그 걸음으로 프라하를 관광하고 장거리 열차를 갈아타가며 파리로 돌아갈 계획이었다.

파베르 씨의 집에 도착한 아야.

부인이 문을 열어주었을 때 집 안에서 흘러나온 비올라 소리를 듣고 아무런 위화감도 없이 "아, 가나데가 비올라를 켜고 있네"라고 생각했다는 것이었다.

"정말 묘하지?"

아야는 진심으로 묘하다는 투로 말했다.

"조금만 생각해봐도 그럴 리가 없잖아? 여긴 프라하니까. 더군다나 난 가나데의 연주는 바이올린밖에 못 들어봤고. 그런데 들은 순간 굉장히 진지하게 생각했어. 아, 가나데가 비올라를 켜고 있구나, 하고."

하지만 더욱 묘한 일은 그다음이었다.

가자마 진이 아야의 얼굴을 보자마자 비올라 소리가 흘러나오는 쪽을 가리키며 "봐, 저거, 가나데지? 가나데가 켜고 있지?"라고 말했던 것이다.

똑같은 느낌을 받았다는 사실을 알고 두 사람은 크게

은방울꽃과 계단

놀랐다.

설마 정말로 가나데가 연주하는 게 아닐까 싶어 황급히 소리가 나는 쪽을 보러 갔다고 한다.

물론 연주하던 것은 파베르 씨였다.

파베르 씨는 눈을 휘둥그레 뜬 두 사람을 보고 놀란 기색이었지만 이야기를 듣고 신음했다.

"음, 그거 묘하군."

파베르 씨도 그렇게 말했다.

사실 파베르 씨가 일할 때 항상 사용하는 비올라는 달리 있어, 그날 아침 그가 연주하던 것은 몇 개 가지고 있는 예비 비올라 중 하나였다. 더군다나 평소에는 예비라도 별로 사용하지 않는, 거의 손에 들지 않는 비올라인데 그날 아침에는 어째선지 집어볼 마음이 들었다고 한다.

마치 그날 우연히 묵은 가자마 진과 그를 데리러 온 아야에게 일부러 들려주고 싶었던 것처럼.

"가나데, 비올라를 찾고 있다고 하지 않았어?"

아야와 똑같은 생각을 가자마 진이 입에 담았다.

"응. 이건 분명 뭔가의 계시야."

가자마 진이 그 이야기를 파베르 씨에게 하자 그도 묘한 일이라며 재미있어했다. 집에서 잉어를 키울 만큼 일본을 좋아하는 그는 한 번도 만나본 적 없는 일본의 아마추어

아가씨에게 그 비올라를 양보해도 좋다고 말해준 것이다.

"그렇지? 굉장한 얘기지?"

가나데의 귓가에서 아야가 들뜬 목소리로 말했다.

"게다가 정말 굉장한 게, 체코 필이 이번 주말부터 일본 투어를 시작해. 파베르 선생님이 가나데의 비올라를 가져가주시겠대."

가나데는 머릿속이 새하얘졌다.

잠깐, 잠깐 기다려, 벌써 '가나데의 비올라'라니! 피아노 천재인 건 알지만 현악기는 모르는 두 사람이 그런 말을 해도 곤란해!

"선생님은 올해 정년퇴직이래. 체코 필로 일본에 가는 건 이번이 마지막이라는 거야."

아야가 못을 박듯 말했다.

세상에.

가나데는 아연히 눈앞을 보았다.

아버지도 어머니도 없는 주방.

당연히 선생님도 없다.

울어야 할지 웃어야 할지 모를 기이한 심경이었다.

나, 콩나물하고 삼겹살 뭉텅이 앞에서 이렇게 큰 결단을 내려야 하는 거야?

은방울꽃과 계단

"가나데?"

말이 없는 가나데를 가자마 진이 불렀다.

"맞다, 역시 소리를 들어봐야겠지? 선생님, 켜줘요, 켜줘요!"

히익! 가나데는 다른 의미로 식은땀을 흘렸다.

정년을 앞둔 체코 필 단원이라니 엄청난 마에스트로잖아. 그런 마에스트로를 저렇게 친구처럼. 가자마 진, 무서운 녀석.

"체코에서 만든 악기래. 음, 뭐라고 읽는 거지, 이거?"

아야의 목소리가 들렸다.

가나데는 정신이 번쩍 들었다.

체코에서 만든 비올라. 가나데가 그토록 좋아하는, 그 풍부하고 복잡한 가온음의 울림을 가진 오케스트라의 비올라.

갑자기 귓가에 흘러들어온 그 소리에 가나데의 온몸에 소름이 쫙 돋았다.

정전기라도 난 것처럼 글자 그대로 온몸의 털이 붕 뜨는 것을 느꼈다.

그 충격을 뭐라고 설명해야 할까?

전율. 공포. 아니면…… 절망?

가나데는 프라하에서 멀리 떨어진 해 저문 도쿄의 주방에서, 온몸에 식은땀을 흘리며 이렇게 대답하는 자기 목소리를 듣고 있었다.

"예, 부디 제게 그 비올라를 양보해주세요."

계단참에서 세 단 내려온 계단에 걸터앉아 가나데는 손에 든 비올라를 뚫어져라 쳐다보고 있었다.

황홀한 호박색, 아름다운 뒷판에는 형언할 수 없는 쾌락을 느꼈다. 니스 밑에서 묵직한 빛을 발하는 것 같다.

아직도 지금 이 자리에 이 악기가 존재한다는 사실을 믿을 수가 없다. 눈을 떼면 사라지지 않을까, 방에 있다는 걸 아는데도 자꾸만 보러 가고 만다.

이미 '비올라 1'부터 '3'까지의 모습은 찾아볼 수 없다.

그로부터 일주일. 겨우 일주일밖에 지나지 않았다니.

가나데는 현관의 은방울꽃을 바라보았다.

은방울꽃은 아직 싱싱했다. 청초한 하얀 꽃은 변함없이 그 자리에 있다.

주방에서는 불에 얹은 냄비에서 보글보글 끓는 소리가 들려온다.

전골 맛 테스트 재도전이다.

그날 비올라를 사겠다고 대답하고 파베르 씨의 연락처

를 메모해 전화를 끊은 뒤, 결국 전골 테스트는 뒷전으로 미루고 아버지와 선생님에게 마구 전화를 돌려 일정을 조율해 일본을 방문하는 파베르 씨와 셋이서 만날 약속을 잡고 나니 이미 밤이 깊었다.

주말, 일본에 갓 도착한 파베르 씨를 만나러 반신반의하며 호텔로 찾아갔는데 고작 몇 분 만에 갑자기 가나데의 선생님과 둘이서 이야기꽃을 피웠다. 파베르 씨가 가나데의 선생님과 같은 스승에게 배운 선배뻘이라는 사실이 판명되었던 것이다.

우려했던 금액도 원래 생각했던 예산보다는 2할 정도 비쌌지만 엄청나게 비싼 건 아니었고, 오히려 파베르 씨가 계속 곁에 두고 있었다는 점을 감안하면 합리적인 가격이었다.

아버지와 선생님, 파베르 씨가 온화한 분위기를 자아내는 것과 반대로 가나데는 잔뜩 긴장하고 있었다.

눈앞에 놓인 악기에서 한시도 눈을 뗄 수 없었기 때문이다.

그럼.

두 선생님의 재촉에 가나데는 그 악기를 집어 들었다.

그토록 가슴이 뛰었던 적이 없었다.

소리를 냈다.

두 선생님이 깜짝 놀라더니 입을 다물고 가나데의 소리에 귀를 기울이는 것을 느꼈지만 가나데는 신경 쓸 겨를이 없었다.

그때 휴대전화 너머로 느꼈던 전율과 충격을 다시 경험하고 있었기 때문이다. 아니, 실제로 직접 소리를 내는 것은 그 이상으로 충격적인 경험이었다.

무아지경으로 한 차례 소리를 쭉 내본 가나데가 깊은 한숨을 쉬고 고개를 들자 두 선생님은 어쩐지 창백한 얼굴로 가나데를 보고 있었다.

파베르 씨가 "네 악기구나"라고 중얼거렸고 선생님은 "깜짝 놀랐어"라고 중얼거렸다.

넌 그런 소리를 낼 수 있었구나. 진짜 너는, 너의 비올라는, 그런 소리였구나.

그렇다, 가나데가 이 비올라에서 느낀 것은 어딘가 초자연적인 기운이었다.

그때 느꼈던 전율과 절망은 앞으로 이 악기와 함께 헤쳐나갈 거칠고 무한한 세상에 대해 그 자리에서 각오를 굳

혀야 한다는 흥분 같은 게 아니었을까?

혹은 앞으로 이 비올라와 함께 자신의 소리를 만들어내기 위해 싸워나갈 고된 미래를 예감했던 게 아닐까? 더군다나 아직 이 악기는 얼굴을 전부 보여주지도 않았다. 보여준 것은 옆얼굴의 극히 일부분뿐.

하지만 가나데는 확신했다. 그 옆얼굴에 희미한 미소가 서려 있음을. 언젠가 그녀를 돌아봐줄 때, 가나데에게 생긋 미소를 지어주리라는 것을.

어쩌면 나는 무의식적으로 정해놓고 있었던 게 아닐까? 아니, 나뿐만 아니라 어쩌면 선생님도.

선생님의 창백한 얼굴을 떠올렸다.

성격적으로 비올라가 맞는다, 아마 내가 내는 비올라 소리는 이런 느낌, 비올라다운 비올라를 목표로, 은은한 소리로 전문가들이 좋아하는 괜찮은 연주를 한다. 그런 미래를 막연히 머릿속에 그리고 있었던 게 아닐까? 저도 모르는 사이에 비올라의 세계를, 이미지를, 가능성을, 획일적으로 한정 짓고 있었던 게 아닐까?

나는 비올라의 풍부함과 포용력을 얕보고 있었다. 그곳에는 훨씬 더 복잡하고 심오한, 도저히 한눈에 들어오지 않는 세계가 펼쳐져 있는 것이다.

당연히 거기에는 몹시 어두운 곳도 있거니와 탁하게 고

인 곳도 있다.

그렇다, 청초하고 얌전한 은방울꽃에 실은 독이 있듯이.

가나데는 악기를 살며시 케이스에 집어넣고 일어섰다.

서둘러 주방으로 향한다.

좋아, 오늘 밤에야말로 전골을 완성하겠어!

가나데는 저도 모르게 누구도 의식하지 않고 주먹을 볼끈 쥐고 있었다.

전설과
예감

伝 説 と 予 感

꿈을 꾸고 있었다.

어쩐지 그리우면서도 설레는, 신비한 꿈을.

꿈속에서 그는 몹시 환한 곳에서, 예상치 못하게 마음이 움직이는 경험을 하고 있었다.

하지만 눈을 뜬 순간 그 경험은 순식간에 어디론가 사라졌고 '마음이 움직였다'는 흔적만 남아 있었다.

무슨 꿈이었을까?

그는 천천히 침대 위에서 일어났다.

드물게 멋진 체험을 했다고 생각한 건 분명한데.

고개를 설레설레 젓자 문을 두드리는 소리가 났다.

"좋은 아침입니다. 마에스트로, 커피를 가져왔습니다."

"고맙네."

문이 열리자 커피 향기가 먼저 방에 들어왔다.

이어서 우람하고 탄탄한 체격의 남자가 들어와 커피가 담긴 은 쟁반을 협탁에 내려놓았다.

"빅토르, 여기 올 때마다 항상 자네가 어떻게 내가 일어난 걸 아는지 신기하단 말이야."

남자는 희미하게 웃더니 떼던 발걸음을 멈추고 돌아보았다.

"주인어른께서 밑에서 함께 아침을 들자고 하십니다."

"알겠네. 커피를 마시면 바로 가지."

그는 협탁 위 은 쟁반 옆에 있는 악보를 바라보았다.

"그렇게 진귀한 악보인가?"

그가 악보를 들고 밝은 아침 식탁에 앉자 성의 주인이 그의 손을 들여다보았다.

"음."

그는 건성으로 대답했다.

"적어도 나는 처음 보네."

"호오."

"어제 연주한 건 이 버전이야."

"그랬나? 몰랐네."

전설과 예감

그는 가만히 악보를 식탁에 내려놓았다.

"조금만 더 빌려도 될까?"

"물론. 뭐하면 가져가게. 자네가 갖고 있는 편이 쓸모 있을 테니."

"천만에."

그는 허둥지둥 손을 저었다.

"자네 부친의 귀중한 수집품인걸. 여기 있는 동안 보는 걸로 충분해."

"나는 가치를 모르니까. 아버지의 수집품에 악보가 있는 줄도 몰랐어. 자네가 발견하지 않았다면 분명 계속 몰랐겠지."

주인은 어깨를 움츠렸다.

성주의 부친은 저명한 고서 수집가였다. 그는 전날 우연히 그 서재를 구경하다가 피아노 악보를 발견했던 것이다.

"아버지의 수집품에 악보가 있다는 말을 듣진 못했으니 아마 드나들던 고서점 주인이 뭔가에 끼워서 아버지에게 통으로 넘긴 게 아닐까?"

"아아, 그럴지도."

〈다비드 동맹 무곡집〉.

슈만의 중기 작품으로 몇 가지 개정판은 알려져 있지만

그 어느 것과도 달랐다.

악보는 다른 판본이나 개정판이 흔하다. 전에 파리 벼룩시장에서 역시나 슈만의 오래된 다른 판본을 발견한 적이 있다. 아직 발견되지 않은 악보가 있는 게 분명하다.

"서재를 다시 구경해도 될까? 다른 악보도 있을지 몰라."

"물론이지. 마음껏 몇 시간이든 구경해. 이미 살롱 콘서트도 끝났으니 느긋하게 지내게. 올해도 대성공이었어. 고맙네, 유지."

"그렇다면 기꺼이."

아침 식사를 마치고 일어나자 주인도 "그럼 서재 열쇠를 가져오지" 하며 일어섰다.

긴 복도에 환한 아침 햇살이 쏟아진다.

커다란 창문 너머 비탈에 나무들이 서 있다. 이 산 하나가 영지인 것이다.

그때 한 손에 메모를 들고 돌아다니는 청년이 보였다.

몇 걸음 걷다가는 멈춰 서서 뭔가 적고 있다.

"뭘 하는 거지?"

그가 중얼거리자 그 말을 들은 주인이 대답했다.

"아아, 최근 몇 년 동안 파리에서 저렇게 찾아오고 있어. 파리 대학 연구자라나. 일본인 청년인데 양봉가도 겸하고 있다더군. 우리 농원이 사과꽃 개화 기준일에 딱 맞는다며 이 시기면 개화 상태를 조사하러 온다네."

"허어."

나무들을 꼼꼼히 조사하고 성실하게 메모하는 남자.

그 진지한 옆얼굴이 인상적이었다.

"제법 재미있는 사내야. 젊은데 굉장히 박식해. 프랑스어도 능숙하고."

"자네가 칭찬을 다 하다니 별일이군."

환한 장소.

그는 눈을 가늘게 뜨고 나무 위로 펼쳐진 끝없이 푸른 하늘을 한동안 올려다보았다.

"여기서 기다리게. 열쇠를 가져오지."

서재 앞에서 주인은 그런 말을 남기고 발걸음을 서둘렀다.

그는 창밖의 신록으로 눈을 돌렸다.

빛을 받은 부드러운 초록은 눈에도 싱그럽고 생동감이 넘쳤다. 하지만 그 색을 보니 동시에 그의 노화를 의식하지 않을 수 없었다.

문득 어디선가 피아노 소리가 흘러왔다.

어라, 누가 피아노를 치고 있군.

살롱 피아노치고는 상당히 가깝게 들리는데.

"미안, 기다렸지?"

주인이 총총히 돌아왔다.

"누가 피아노를 치는 거지?"

그가 묻자 주인은 어리둥절한 표정을 짓더니 피아노 소리를 이제야 들었다는 듯이 대답했다.

"아아, 저건 현관 옆 로비에 있는 피아노야."

"로비?"

그는 깜짝 놀랐다.

분명 로비가 더 가깝다. 그곳에는 오래전부터 업라이트 피아노가 한 대 있었는데 예전에 장난삼아 쳐본 적이 있다.

"조율했나?"

서재 문을 열던 주인은 또다시 어리둥절한 얼굴로 돌아보았다.

"아니. 살롱에 있는 그랜드피아노만 조율하는데, 그것도 자네가 올 때뿐이야."

"그럼 저 업라이트피아노는 쭉 조율하지 않았단 말인가?"

"그래. 어라, 왜 이러지, 잘 안 열리는군."

주인은 열쇠에 정신이 팔려 있다.

하지만 그는 피아노 소리에 빠져들고 있었다.

조율하지 않았다? 하지만 이 소리는.

그는 귀를 기울였다.

제대로 울리고 있다. 소리를 이루고 있다.

"누가? 손님으로 온 사람인가?"

"아아, 겨우 열렸네."

주인은 문을 열었다. 그리고 그가 피아노 소리를 신경 쓰고 있다는 사실을 알고 입을 열었다.

"아까 밖에 있던 연구자의 아이가 치는 거야. 올해는 아이를 데리고 왔거든. 피아노를 좋아하는지 내버려두면 거기 있는 피아노를 치곤 해."

"아이?"

그는 귀를 의심했다.

아이라고?

하지만 아이가 내는 소리라 하기엔 너무나⋯⋯. 심지어 그 피아노로?

"유지?"

주인이 다시금 어리둥절한 표정으로 친구를 돌아보았다.

하지만 친구는 그런 줄도 모르는 눈치였다.

〈다비드 동맹 무곡집〉.

그는 충격을 받았다.

지금 흐르는 것은 분명 슈만의 그 곡이다. 게다가…….

이것은 내가 어젯밤 연주한 버전이다.

그는 손에 들고 있는 악보를 쳐다보았다.

틀림없다. 어젯밤 내가 연주한, 이 판본의…….

다시 말해 피아노를 치고 있는 저 아이는 어젯밤 내 연주를 듣고 그것을 기억해 지금 피아노로 재현하고 있는 것이다…….

전율이 온몸을 훑고 지나갔다.

공포와도 흡사한 충격에 그는 일순 현기증을 느꼈다.

전설과 예감

"유지? 왜 그러나?"

친구의 목소리가 어딘가 아득하게 들린다. 그는 달려가고 있었다.

피아노 소리가 커진다.

그는 가쁜 숨을 몰아쉬며 현관 옆 로비 입구에 섰다.

빛이 쏟아지고 있다.

그 빛 속에 자그마한 소년이 있었다.

열심히, 앳된 움직임으로 피아노를 치고 있다.

문득 그의 안에서 오늘 새벽녘에 꾸었던 꿈이 되살아나는 것 같았다.

그렇다, 꿈속에서 나는 이 광경을 보았던 게 아닐까?

환한 장소에서 멋진 체험을 했다……. 마음이 움직이는 무언가를 깊이 경험했다. 그것은 분명 지금 눈앞의 이 광경이 아니었을까?

한참 피아노를 치던 아이는 피아노에 드리운 사람 그림자를 보았는지 연주를 뚝 멈추고 돌아보았다.

어리둥절한 표정. 작은 얼굴.

활짝 벌어진 커다란 눈.

무척이나, 아름다운, 빛에 감싸인…….

그는 가슴이 설레는 것을 느꼈다.

감동과도 같은 신비한 고양감이 치밀어 오른다.

"안녕?"

그는 그렇게 말을 걸며 천천히 아이에게 다가갔다.

아이는 의자에서 사뿐히 내려와 이쪽을 가만히 쳐다보았다.

그는 가만히 소년 앞에서 몸을 웅크려 아이와 눈높이를 맞추었다.

"방해해서 미안하구나."

그렇게 말했는데도 소년이 여전히 어리둥절한 표정인 것을 보고 깨달았다. 아아, 이 아이는 일본인이었지.

"안녕. 이름이 뭐니?"

이번에는 일본어로 물었다.

그러자 알아들었는지 소년이 고개를 끄덕이더니 생긋 웃었다.

"가자마 진이에요."

또렷한 목소리.

가자마 진.

jinn. 그렇다, 정령의 이름이 걸맞은 아이다.

전설과 예감

"나는 유지."

그는 차분하게 말했다.

소년의 입이 '유지'라고 움직이는 게 보였다.

"유지 폰 호프만이라고 한단다. 잘 부탁하마."

그가 손을 내밀자 소년은 생긋 웃으며 그 손을 힘차게 붙잡았다.

옮긴이의 말

『꿀벌과 천둥』이 선물처럼 우리 곁으로 찾아온 지 벌써 5년이 다 되어갑니다. 아직도 그 짙은 여운과 감동을 기억하고 소중하게 여기는 분들이 많이 계실 텐데, 이번에 소설집 『축제와 예감』을 통해 다시 따스한 감동을 전할 수 있게 되어 기쁘게 생각합니다.

예전에 비해 클래식이 훨씬 대중적으로 다가와 직접 공연장을 찾는 분들도 많을 텐데, 작년에 발생한 코로나19의 영향으로 현장에서 음악을 듣는 즐거움에도 많은 제약이 생겼습니다. 공연 관람뿐만 아니라 일상생활에서도 생긴 행동의 제약은 사고에도 어느 정도 영향을 주어 모두 많이 지쳐 있는 게 사실입니다. 제가 읽고 나서 행복했듯이, 『축

제와 예감』이 독자 여러분에게도 행복한 연말 선물이 되길
바랍니다.

　『축제와 예감』은『꿀벌과 천둥』의 시간 축을 기준으로
볼 때 등장인물들의 과거, 현재, 미래의 이야기가 섞여 있
는 소설집입니다. 인물의 감정적 대립 없이 음악이라는 매
개체를 통해 끝까지 긴장감을 유지한 것도『꿀벌과 천둥』
의 매력 중 하나로 꼽을 수 있는데, 곧 얄미운 인물이 하나
도 없어 누구의 이야기를 보아도 마음 편히 작품의 세계에
빠질 수 있다는 뜻이기도 합니다.『꿀벌과 천둥』자체로 완
벽하게 마무리되는 세계지만, 다정하고 순수한 열정으로
빛나는 그들을 다시 만날 수 있다는 점에서 이번 소설집은
역시 온다 리쿠 선생님이 독자들에게 주는 '선물'이라고 할
수 있습니다. 특히 첫 번째 단편과 마지막 단편의 타이틀을
조합한『축제와 예감』이라는 제목은 가자마 진이라는 흥미
로운 천재 소년을 중심으로 본편의 시작과 끝을 장식하는
에피소드를 보여주는 이번 작품의 성격을 잘 드러내고 있
습니다. 그 시간의 흐름이 반대인 것도 여운을 더욱 증폭시
킵니다. 마지막 페이지를 넘기는 순간, 분명『꿀벌과 천둥』
을 다시 읽고 싶어질 것입니다.

전작에서 저는 가장 공감 가는 인물로 다카시마 아카시를 꼽았는데요, 그런 취향의 영향인지 이번 작품에서도 제게 가장 인상적이었던 단편은 『가사와 그네』였습니다. 『꿀벌과 천둥』에서는 그리 비중이 크지 않았던 작곡가 히시누마가 아카시의 인생에서 중요한 전환점이 되는 〈봄과 수라〉라는 곡을 작곡하게 된 배경을 그린 작품으로, 요시가에 국제 피아노 콩쿠르에 임하며 아카시가 느끼는 고뇌를 〈봄과 수라〉의 작곡 모티프가 된 오사나이 겐지라는 인물을 통해 다시금 느껴볼 수 있는 구조가 인상적이었습니다. 다른 곡들은 실제로 존재하는 곡이라 찾아 들어볼 수 있지만 〈봄과 수라〉만큼은 여러 부가적인 정보를 통해 머릿속으로 이미지를 상상해볼 수밖에 없는 곡이라는 점에서도 가장 상상을 자극하는 에피소드가 아닐까 싶습니다.

온다 리쿠 선생님은 한 인터뷰를 통해 2003년 어느 콩쿠르의 서류 심사에서 떨어진 참가자가 패자부활전으로 올라와 그대로 우승까지 한 일화가 『꿀벌과 천둥』의 집필 계기였다고 밝혔습니다. 그것이 바로 3년마다 개최되는 하마마쓰 국제 피아노 콩쿠르로, 그 후 꾸준히 하마마쓰 국제 피아노 콩쿠르를 직접 찾고 작품에 많이 참고했다고 하는데 2017년 나오키상과 서점대상을 동시 수상한 『꿀벌과 천둥』의 인기 때문이었는지 2018년 콩쿠르는 1차 예선부터 객석이 꽉 찼다는 훈훈한 일화도 있습니다.

사실 저도 『꿀벌과 천둥』을 계기로 꼭 한번 가보고 싶다고 생각했는데, 안타깝게도 2021년 개최 예정이었던 콩쿠르는 코로나19로 중지되었다고 합니다. 그래도 언젠가는 가볼 날이 오겠지요. 매체의 발달로 혼자서 음악을 듣는 데 어려움이 없는 시대지만 그래도 하루 빨리 일상의 모습을 되찾아 현장에서 함께 듣는 음악의 즐거움을 누릴 수 있기를 기원하며, 이 작품을 읽는 모든 분들이 행복하고 따뜻한 연말을 보내시길 바랍니다.

2021년 10월

김선영

옮긴이의 말

옮긴이 김선영

한국외국어대학교 일본어과를 졸업했다. 방송 등 다양한 매체에서 전문 번역가로 활동했으며 특히 일본 문학을 소개하는 일에 힘쓰고 있다. 옮긴 책으로는 온다 리쿠의『꿀벌과 천둥』을 비롯하여, 이사카 고타로의「명랑한 갱 시리즈」『러시 라이프』『목 부러뜨리는 남자를 위한 협주곡』『종말의 바보』, 요네자와 호노부의「고전부 시리즈」「소시민 시리즈」『왕과 서커스』『야경』, 그 밖에『문신 살인사건』『손가락 없는 환상곡』『고백』『열쇠 없는 꿈을 꾸다』『완전연애』『경관의 피』『흑사관 살인사건』『꽃 사슬』등이 있다.

축제와 예감

초판 1쇄 펴낸날 2021년 11월 30일

지은이 온다 리쿠
옮긴이 김선영
펴낸이 김영정

펴낸곳 (주)현대문학
등록번호 제1-452호
주소 06532 서울시 서초구 신반포로 321(잠원동, 미래엔)
전화 02-2017-0280
팩스 02-516-5433
홈페이지 www.hdmh.co.kr

ⓒ 2021, 현대문학

ISBN 979-11-6790-072-2 03830

* 책값은 뒤표지에 있습니다.
* 파본은 구입처에서 교환해드립니다.